03
甜咖啡
圖・手刀葉
在座寫輕小說的各位，全都有病

在座寫輕小說的各位，全都有病 3

目錄

第一話　不正經的外星女皇與禁忌願望　005
第二話　落第作家悲劇譚　025
第三話　魔王師父與徒兒A　058
第四話　大英雄是個笨蛋有哪裡不對　084
第五話　為誠實的世界獻上祝福　109
第六話　我的變身意義　148
第七話　萬事包辦晶星人的祭典機器　164
第八話　如果有一堆妹妹就好了　197
後記　241

第一話　不正經的外星女皇與禁忌願望

柳天雲。

C高中二年級學生，身材外貌普通，性格孤僻，課業成績算是優秀，沒有朋友，也沒有女朋友。

這是一個禮拜前別人對我的印象。

柳天雲（暗殺目標）。

C高中輕小說排行榜第三名，患有中二病且卑鄙無恥，沒有朋友，有三個校園偶像級別的女朋友，讓人恨不得除之而後快。

這是晶星人降臨至今，別人對我的印象。

「不可能……絕對不可能！錯的不是我，而是這個世界！」

——就算發出這樣子的辯解，大概也是徒勞無功。

因為將想法強加於他人身上，擅自定義別人的存在價值，正是優勢族群的常用手段。

哪怕這些人只是數量上占據優勢，而質量糟糕得一塌糊塗，他們往往也會自鳴得意，打從心底認同自身的強大。

時至今日，「多數決」這種原本堂堂正正的民主制度，已經淪為群眾暴力的最佳藉口。

然而當扭曲的現象成為常態，弱小者往往會選擇順應環境，加入多數的那一方，露出自己曾經厭惡的討好笑容。

接著，伴隨時日流逝，當抗拒感消失後……弱小者將徹底被吸收分解，成為多數決怪獸的身體細胞，張開大口去吞噬下一個昔日的自己。

好比身為幼童時討厭大人的市儈笑容，長大後卻不知不覺成為相同的存在——所謂的大人，總是在集齊自欺欺人的要素後，以「那時候的自己太幼稚了」做為藉口，將藉口深深嵌入已經變質的內心，並對此深信不疑。

最後，美其名為成熟、懂事、成長。

但……這種連自身都要騙過的成長，我柳天雲才不需要。

完完全全，不需要。

所以，就算此刻我被C高中所有人仇視，我也會繼續秉持獨行俠的原則，努力往孤獨者之王的終點前進。

哪怕通往孤獨者之王的道路，在別人看來景色無比枯寂荒涼，對我而言，卻是處處鮮花盛開。

不因環境而改變。

無須他人的認同。

以我之道印證我心……這就是我。

這就是我……柳天雲！

窗外，承載著晶星人女皇的宇宙船，正穿破雲層緩緩下降。

龐大無邊的宇宙船通體血紅，底部繪著一朵碩大的玫瑰花。

在宇宙船出現後，怪人社的氣氛變得相當緊張。

剛才寫著信息的紅紙被沁芷柔奪去，讀完內容後，她發出一聲驚呼，看看天空上的宇宙船，又看看我，訝異得說不出話。

紙上的訊息，確實讓人十分意外……晶星人女皇即將降臨C高中，還指名要見我。

幻櫻跟風鈴也輪流看過紅紙，風鈴的反應跟沁芷柔差不多……幻櫻卻像是看了家庭餐廳的菜單那樣，表情平靜，甚至連語氣也毫無變化。

「弟子一號。」幻櫻淡淡道：「晶星人女皇要見你，你去吧。」

幻櫻的語氣，冷靜到近乎無情。

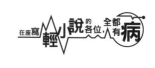

眾人望向幻櫻，一時都沉默了下來。

「等、等一下！」

沁芷柔第一個開口了。

「大家都不知道晶星人的底細，就這樣讓柳天雲去的話，有點太危險了，說不定他會被抓去做人體實驗耶！」

「雖然柳天雲這傢伙非常該死，不過不該這樣死！」

「……那個……本小姐覺得……啊——煩死了！我不會形容，反正不能讓柳天雲就這樣去！」

沁芷柔講到後來，已經有些語無倫次。

雖然我認為沁芷柔多半是以「這混帳本小姐要親手殺掉」為觀點道出這些話，不過聽到她為我說話，還是感到意外。

「其實風鈴也認為……就這樣讓前輩去……不太妥當……」風鈴也小聲地發表想法。

「雖然零點一差勁透頂，既好女色又沒用，畢竟也是吾的麾下眷屬，現在還不到讓他進行人體獻祭的時候。」

最後連桓紫音也在批評的同時，提出阻止我前去的意見。

「他不會有事的——我以幻櫻之名……保證。」

幻櫻緩步走到窗戶前，仰頭望著天空的宇宙船。那宇宙船實在太過龐大，天地彷彿都被其透出的紅光染得鮮豔，幻櫻的銀白色長髮，在宇宙船發出的光芒下，彷彿呈現淡淡的粉紅色。

見到這情景，我的內心深處，忽然湧上一股強烈的不協調感。

那不協調感極為怪異，就好像在半夢半醒間，無法分清眼前所見究竟是事實，抑或是虛幻。

這時幻櫻回眸朝我一望，粉色的長髮順著風，在空中輕輕飄揚。

她眼裡閃爍的情緒，很複雜。

複雜到我無法讀懂。

複雜到……讓我隱隱有些畏懼。我並非害怕幻櫻本身，而是畏懼那眼神中夾帶著的，一絲說不清、道不明的惆悵。

幻櫻離開了窗戶，向我慢慢走近，她那奇特的眼神在我眼中也隨之不斷放大。

最後她朝我胸膛，輕輕搥了一拳。

「去吧，弟子一號。身為我幻櫻的頭號弟子，難道你要因為這點小事退縮嗎？」

脫離宇宙船的紅色光源籠罩後，幻櫻的髮色再次恢復成銀白色，身上的不協調感也瞬間消失。

「……」

這究竟……是怎麼回事？

怪人社內，扣除我，共有四人。

幻櫻、風鈴、沁芷柔、桓紫音。

而除了名義上的師父，風鈴、沁芷柔、桓紫音，全都以擔心的表情看著我。

她們都知道，這跟平常的打打鬧鬧不一樣，晶星人是抱持著殺死落敗者的覺悟舉辦輕小說比賽——現在要去見晶星人的領袖，這可不是鬧著玩的。

我瞭解她們的感受。

然而……見晶星人女皇一事，勢在必行。

如果不去做，引起晶星人女皇的憤怒，命令宇宙船開砲轟掉整個C高中，也是有可能發生的事。

就像人類幼童拿水去淹螞蟻洞那樣，晶星人想殺死我們這些人類，要背負的罪惡感大概輕得超乎我們想像。

可能是死要面子，又或許是狂態發作，明白面前這些少女在擔心我柳天雲，擔心我這個強大的獨行俠、孤獨王國的公爵、可化身為崑崙山仙人的霸主後，我忍不住笑了。

「哼哼哼……」

「哈哈哈哈哈……」

「哈哈哈哈哈哈哈哈哈哈哈哈哈……」

我按著臉大笑，笑聲遠遠傳了出去。

「我柳天雲，什麼時候落魄到這種地步了！博取同情、要人安慰，那種多餘的憐憫，我柳天雲……並不需要。」

我一瞇眼，「孤獨者的精髓，在於獨自吞下所有苦痛後，變得更加強大。一次次從絕望的深淵中爬出，即使摔得滿身泥濘──風采亦是超人數等！

「因此……妳們不用替我擔心，也沒有必要替我擔心。」

道出結論後，我一甩想像中的袖子，往門口走去，打算去面對晶星人女皇。

「死要面子呢，這中二病笨蛋。」我剛走出幾步，沁芷柔的聲音就從背後傳來。

「嗯，死要面子呢。」桓紫音也附和。

被她們這麼說，我心裡非常不舒服。

我霍地轉身，微怒道：「誰死要面子！」

「汝明明很害怕，卻裝出一副無所謂的模樣。」桓紫音坐在椅子上，雙腿交叉，

「我一點也不害怕！」

「汝的大腿在顫抖。」

我下意識朝著腿部摸去，當發現大腿沒有在發抖時，立刻省悟到自己上了桓紫音的當。

「這就是死要面子。」

如果我不害怕，對自己有足夠信心的話，根本不會做出確認發抖的舉動。

……好個桓紫音，連這點也算計在內。

我感到臉上發熱，那是害臊帶來的溫度。

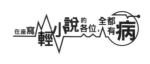

但……讓異於自身的動物察覺弱點，可是獨行俠的大忌。被狠狠咬住弱處後，再強大的生物也會負傷。

所以，為了隱藏起弱點，我不能承認自己的膽怯。

「妳們這是大錯特錯！我柳天雲在孤獨之道上前進了數十萬里，孤獨力之高，早已超乎妳們想像。這樣吧，我利用三十秒時間，講一個笑話給妳們聽，讓妳們見識一下……我柳天雲的臨危不亂，與傲立於天地之間的颯爽風範！」

沁芷柔、桓紫音聽我這麼說，變得面無表情。

而風鈴則一臉期待，似乎相當期盼前輩說出有趣的笑話。

我清了清喉嚨。

「從前從前……有四個人一起去餐廳吃飯，他們分別是小明、小華、小張跟小熊。」

「好爛的取名方式……你真的是輕小說家嗎？本小姐竟然在輕小說排行榜只比你高一名，嗚嗯……」

發出表達嫌棄的狀聲詞後，恍若感到十分丟臉那樣，沁芷柔用雙手蓋住自己的臉。

「……確實，零點一真的太遜了。」桓紫音也點頭。

我的笑話明明就還沒開始，已經被嫌棄到直沉地心。

忍住吐槽她們的衝動，我繼續把笑話說下去：「而這小明、小華、小陳跟小熊呢……」

「前輩！那、那個不好意思，是小明、小華、小張跟小熊哦！沒有小陳這個人。」

風鈴嬌怯怯地糾正我。

「桓紫音老師！輕小說排行榜到底有沒有問題！」沁芷柔迅速無比地吶喊出聲。

「吾是玫瑰皇女，勿叫吾的俗世之名。」桓紫音說道：「排行榜應該是沒問題的，原諒零點一一次吧，誰教他是零點一呢。」

「還不是妳們一直打岔，不然我怎麼會說錯！」我怒道。

「哼！明明是你自己的問題吧！」沁芷柔也怒道。

「總之妳們不要打斷我，讓我說完！」

我再次強壓吐槽的衝動，將故事從頭講起。

「從前從前……有四個人一起去餐廳吃飯，他們分別是小明、小華、小張跟小熊。小明帶頭進了餐廳，站在門口的服務生迅速迎了上來，照慣例問：『請問是幾位呢？』小明回頭一數，重複數了好幾次後，回答三位。服務生聽到『三位』這個回答，看了看他們四個，臉上露出猶豫的表情，心想怎麼會是三位呢？最後小明一拍腦袋，恍然大悟道：『小熊！你的外號叫做小熊，害我把你錯當成寵物來計數了啊！不好意思，服務生，我們是四位！』。

「完。」

笑話說完了。

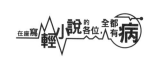

我剛剛相當專注於氣氛的營造，對於這個笑話的完美程度，還是挺有自信的。如何？讓我柳天雲聽聽……妳們的感想！

沁芷柔眉毛一抬，露出可怕的笑臉。

「笑話……？你說這是笑話？」

她的笑臉有些抽搐，像是在極力忍耐揍人的衝動。

「這也配稱為笑話嗎！柳天雲！」

「……這當然是笑話，我不懂妳為什麼提出質疑。」

「哈？答案顯而易見吧！柳天雲，你倒是告訴本小姐，在場哪個人笑出來了？」

「妳明明笑了。」

「我、這、是、怒、極、反、笑！」

沁芷柔用力地念出每一個字，氣得俏臉漲紅。

不過，確實如沁芷柔所言，幻櫻、風鈴跟桓紫音，她們聽了我的笑話，沒有一個笑出聲來。

更準確地描述的話，除了自稱「怒極反笑」的沁芷柔外，其他人就好像被極地寒風吹拂了上萬年的雪壁那樣，緊繃著一張冷面。

這是怎麼回事？

我相當意外，低下頭，仔細思考原因所在。

當然，以我柳天雲之大才，只用了幾秒時間……隨即想通。

「是這樣啊，妳們沒辦法領悟如此高級的笑點……」我難以掩飾語氣中的失望。

「舉個例子來說，就像十等的低級角色，強行去穿上一百等的裝備那樣，只會被優秀的裝備壓垮。即使勉強穿上了，也發揮不出裝備的性能。」

「「你／汝這傢伙說誰是低級角色！」」沁芷柔跟桓紫音都怒了。

「前輩，那個……風鈴覺得很好笑喔！」

彷彿想給我信心，風鈴擠出了些許笑容，只是那笑容看起來有些牽強。

「「妳／汝這叛徒!!」」沁芷柔跟桓紫音將砲火轉向風鈴，兩人大叫出聲。

「妳這狐媚女果然開始魅惑男人了嗎！」

「身為吾的黑暗騎士竟敢叛變，吾要剝奪妳七成的黑暗之力，再拋入黑暗之池刑罰七萬七千年！」

「咦？那個……風鈴沒有……」

眼看她們內鬥吵成一片，一時忘了我的存在，我微微搖頭，轉身走出了教室。

孤獨者，走的是孤獨之路。

既然是孤獨之路，我柳天雲覲見晶星人女皇的行動……自然也不需要有人送行。

多餘的挽留、擔心、勸慰，更是毫無必要。

身纏多餘的思念，只會使孤獨者的腳步變得沉重遲緩，甚至難以向前邁步。

趁著教室內的騷動還未平息，我沿著走廊前行，很快就來到樓梯口。

在往第一級階梯跨步之前，我轉頭朝怪人社的社團教室望了一眼。

「……」

嬌小而俏麗的銀髮少女，扶著半敞開的教室大門，正與我遙遙對望。

幻櫻。

短短十數公尺的走廊距離，似乎在這一刻被無限拉長、擴展了，我感到距離幻櫻……好遙遠好遙遠。

那是一種奇妙的感受。

明明幻櫻就在視線可及的不遠處，她的身影卻像湖面上被打散的倒影那樣，有種搖曳不定的模糊感。

是錯覺嗎？我揉了揉眼。

再次睜開眼時，幻櫻的身影已經凝實，與往常無異。

我望著她。

她也望著我。

最後，幻櫻的俏臉上，綻出嬌豔的笑容。

幻櫻。

幻櫻……

幻櫻——

每當我認為快要摸清這個便宜師父的底細時，她總是會適時展現出新的一面，遠遠超乎我原先的預料。

就好像冰山一角那樣，浮出水面的永遠只是本體的一小部分……若是親身與之碰撞，才能察覺到對方整體的分量。

我柳天雲的實力並不弱，甚至可以說很強。

我並不害怕沁芷柔、風鈴、桓紫音任何一人，真要爭鬥起來，我的贏面絕對居多……唯獨碰上幻櫻，我幾乎逢戰必敗，每次都被打得落花流水。

幻櫻那誇張到近乎預知的算計，讓人感到棘手無比，無從抗衡。

自社團教室離開後，我一路往下，走到了教學大樓前的廣場。

明顯是母艦等級的宇宙船無法降臨在C高中的空地，一道圓形的紅色光幕從天而降罩住了我，將我緩緩往天空吸引而去。

隨著身處位置拔高，建築物與地面的事物在我眼中逐漸縮小。

過不久，我順利登上宇宙船。

「你就是柳天雲？」

一名藍眼藍耳的高大男人出現在我面前，我認出他就是當初晶星人降臨C高中時，負責解說的皇家侍衛。

他上下打量著我，像是在觀察什麼稀奇的動物那樣。

「你長得跟一般人類差不多……真奇怪，偉大的女皇為什麼想見你？」

一邊碎碎念，皇家侍衛示意我跟著他走。

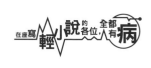

我們步過一條條彎曲的通道，還使用了兩次類似傳送陣的奇妙東西（那大概是他們的電梯），很快站在一扇巨大的赤門前。

赤門拔地而起，足有十幾公尺寬高，顏色如宇宙船的外表一樣，鮮豔如血。

六名皇家侍衛守在赤門外，他們與帶領我的高大男人用晶星人語展開對話。交談過後，六人一起將手按在大門上，刺目的藍光升起，大門頓時緩緩敞開。

門內是一座寬廣的大廳，比足球場還略大。

大廳內的光源，來自牆壁上掛著的奇異晶體。

透過晶體的光源映照，我看清了裡頭有兩排粗大的拱柱，像是在引導道路那樣，兩排拱柱呈平行排列不斷往前延伸，一直連接到大廳的最末端。

大廳的最末端，有一層層寬敞的階梯，階梯上方座落著鑲有許多寶石的巨大王座。

而王座上——身穿黑色馬甲與吊襪帶的少女，水蛇般的腰肢半靠在扶手旁，直盯著我，臉上表情似笑非笑。

——**晶星人女皇**。

「……」

在我步入大廳後，赤門再次關上。

我有些緊張地往前走，在寬闊的大廳內，腳步聲微微激起回音。

彷彿察覺到有異族踏上自己的身軀，整艘宇宙船就像一隻龐大的活物，在我經過大廳裡那一根根拱柱時，每根拱柱上都會亮起類似眼睛的圖騰，睜眼向我看來。

那一對對眼睛，發出幽幽異光，像是在觀察我這名人類。

我頂著巨大的心理壓力前進……不斷前進。

終於，我來到了晶星人女皇王座的臺階下。

這是能夠面對面交談的距離，只離了約十五公尺。

黑色馬甲跟吊襪帶布料極少，晶星人女皇身上露出大片雪白的肌膚。隆起得恰到好處的乳溝，整片裸露的背脊，僅僅被吊襪帶以幾條布料遮掩的修長美腿，處處充滿原始的誘惑。

少女的深紅色波浪捲髮直垂到腰，面目冷豔，一對細長的鳳眼滿含鄙視，嘴角偏又掛著有些曖昧的笑容。

我感到緊張。

此時，晶星人女皇維持著相同的笑容，首次開口了。

「卑微的人類哦，你好大的膽子。看見本女皇……竟然不跪？是不是要用鞭子狠狠抽過你的腦袋，以你們地球人愚蠢的理解能力，才會懂得尊敬的意義？」

她手一揚，藍光乍現，竟然憑空變出了細長的紅鞭。

「啪」地一聲將鞭子拉直後，晶星人女皇瞇起了眼睛，像是想觀察我的反應。

我記起之前曾在影像中看過皇家侍衛行半跪之禮，正猶豫著要不要依樣畫葫蘆時，晶星人女皇卻笑了。

「算了，整天讓廢物跪我，本女皇也已經膩了。」

單是幾句話，就能隱隱察覺晶星人女皇反覆無常的性格。

擁有這樣子的性格，通常會是難以相處的對象。

尤其對方掌握你的生死大權時，更是如此。

晶星人女皇一舔嘴唇，「柳天雲，我有幾個問題要問你。敢撒謊的話……我就燒死你。」

她的話語剛落，以我為中心點，忽然熊熊騰升起大量的藍色火焰！

那火焰沒有近到能燒傷我，只是圍成一個火圈將我困在中心。但彷彿能融化一切的恐怖高溫，透過空氣不斷傳來熾熱的波動，短短幾秒鐘就讓我額頭見汗。

「……」晶星人女皇先觀察我的反應，接著打了一個響指。如同出現時那般突然，所有的藍色火焰瞬間消失不見。

然後，晶星人女皇發問：「你在寫輕小說方面，很厲害嗎？」

「曾經很厲害。」我想了想，慎重回道。

晶星人女皇「哦」了一聲，發出意義不明的延長音，臉上笑容更深了。

「那麼，你現在有女朋友嗎？」她又問。

「呃……」我愣了一下，「有三個。」

「三個女朋友？」

晶星人女皇微微一愣，卻慢慢地笑出聲。

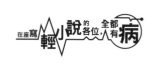

「三個女朋友？」她再次重複。

「真看不出來，你原來是個……不得了的惡棍啊，柳天雲。嘻嘻……真有趣。」

晶星人女皇越笑越是開心，那是帶著嗜虐感的笑意。

其實我無法理解，她為什麼這樣笑。

在地球上，交三個女朋友其實沒有觸犯法律，頂多是道德上的觀感不佳。

所以被形容為「不得了的惡棍」，加上晶星人女皇奇特的笑聲所影響，我有些不知所措。

「那個人……為你付出了一切，甚至連即將到手的勝利，都可以不要。如今……三個女朋友嗎？」

晶星人女皇似乎心情大好，在腦海裡擅自想像些什麼後，笑得花枝亂顫，嬌笑聲在大廳中四處迴盪。

「嘻嘻……有意思，太有意思了！柳天雲，我小看你了，原來你也是凌虐別人的愛好者呢。」

我始終不懂對方的意思，只得靜靜等著她笑完。

過了片刻，晶星人女皇再次開口了。

「這是最後一個問題了，柳天雲，答完後，你就可以離去。」

我凝神等著對方發話。

「如果C高中最終成為六校第一，而你的作品又讓我滿意，獲取本女皇的願望……那麼，你會怎麼使用自己的願望？」

怎麼使用自己的願望？

我答應幻櫻參加六校寫作之戰，其實只是想找到晨曦。

幻櫻曾起過誓，只要贏到最後關頭，就會告訴我晨曦究竟是誰。所以我從來沒有細想過，願望要如何使用。

「……」我沉默半晌，思考自己想要些什麼。

仔細轉過念頭後，我卻發覺自己沒有任何渴求之物。

獨行俠想要的東西，其實很少很少，用清心寡慾來形容，並不為過。

一旦貪婪過度，將會逐漸脫離獨行俠的道路。

清靜的環境、普通程度的生活起居，這樣就夠了。

彷彿想幫我找出答案，晶星人女皇的話聲，在這時傳入了我的耳中。

「晶星人的科技文明，遠超人類的想像。如果要比喻的話，就像你們看待茹毛飲血的原始人那樣……在我們眼中，人類社會簡直落後到不可思議。」

「我們可以做到……使人長生不老，青春永駐。

「我們可以做到……讓人擁有一生花不完的財富。

「我們可以做到……激發人類的潛能，讓智商增加十倍。」

晶星人女皇說到這，頓了一頓。

緊接著，她以更加輕柔、卻也帶著危險感的語調，道出了最後一段話。

「甚至……我們可以做到……」

「靈魂轉移……」

「倒轉時光……」

「逆天改運……」

「破虛凌空……」

「以你們人類貧乏的想像力，能夠想到的事……晶星人全都可以辦到。」

她說完後，粉嫩的嘴唇重新合攏，充滿興趣地注視我，期待著我的回答。

最終，我誠實地告訴晶星人女皇，自己的想法。

「……很抱歉，我目前沒有特別想要的願望。」

聽了我的答覆，晶星人女皇尖聲大笑，再次以「不得了的惡棍」來形容我。

對於抖S來說，那句話似乎是極端的讚賞。

不過被這樣稱讚，我完全開心不起來。

得到離開的許可，在同一名皇家侍衛的帶領下，我步出晶星人女皇身處的大廳。

轉過一條條通道、踏過一處處詭異的設施。

被紅色的光罩所覆蓋，我緩緩從高空中降下，重新回到C高中校園。

「當鍾愛之物消散的那天……我會再來。」

天地間響起了晶星人女皇的尖銳嗓音。

拋下意義不明的話語，龐大的宇宙船閃起耀眼的光芒，直接消失在空氣中。

第二話　落第作家悲劇譚

晶星人女皇召見後，時間很快過去了幾天。

我沒有對任何人訴說晶星人女皇的問話，她的一言一行，都透著極端的詭祕，完全跳脫正常思維，大概沒有人聽得懂。

這一天，上完學校輕小說課程的我，腳步一拐一拐地爬上樓梯，打算前往位於頂樓的怪人社。

——之所以會這麼狼狽，完全是被沁芷柔揍出來的。

「臭柳天雲，上次不是叫你晚上過來跟本小姐同居，體驗一下輕小說裡面的情節嗎？」那位金髮碧眼的美少女一邊這麼說，一邊往我身上踹了幾腳，造成我現在的傷勢。

當然我柳天雲身為尊爵不凡的獨行俠，不可能輕易屈服於惡勢力的威脅下。

所以即使身受重創，只要靈魂的純潔度未遭汙染，我就可以像不死鳥那樣，一次又一次……浴火重生！

怪人社位於頂樓右側第一間教室。

拉開教室大門後，我看見將我重傷的元凶獨自坐在裡頭，她正無聊地玩弄頭上的髮飾。

那個人顯然注意到教室大門被拉開的動靜，向我這邊望來。

我們四目相接。

……哐！

我立刻將教室大門重重關上。

接著教室內響起急促的腳步聲。然後，教室大門上傳來一股沉重的力道，有人從裡面拉開了大門。

失去大門的阻隔後，沁芷柔站在我面前，近到我能數清她眼睫毛的數量。

「柳天雲，你為什麼看到我就把門關上！」

她對我發出憤怒的質疑。

「這個……該用本能形容，還是說成直覺好呢……」我努力尋找適當的詞彙，「好比觸電會自動縮手那樣的感覺？」

「那到底是什麼樣的感覺啊！」

「觸電會自動縮手的感覺。」

「這句你剛剛已經說過了！」

「很重要所以說兩次。」

「原句不是三次嗎！」

無謂的爭執，一直持續到桓紫音老師來臨才終結。

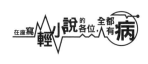

過了不久，怪人社的成員也全員到齊。

桓紫音老師坐在講臺上，雙腳在半空中晃盪。

接著，她朝我們宣告今天的社團活動內容。

「再過幾天，就是每週一輪的校內輕小說比賽，藉此訂出排名前二十的菁英班學生。汝等身為怪人社成員，校排名絕對不能跌出前二十，給吾丟了臉面，懂嗎？」

「哼，像本小姐這種可愛又認真努力的輕小說家，肯定是不用擔心的。」雖然可愛跟實力沒有邏輯上的關係，不過沁芷柔依舊雙手抱胸，露出充滿自信的神情。

桓紫音朝沁芷柔瞄去。

「乳牛，吾忘了提醒汝一件事……汝的表現是怪人社裡最差的，幾乎在每一次社團測驗中都墊底。」

「咦？」聽完桓紫音老師的話，沁芷柔呆住。

她緩緩轉頭，掃了所有同窗一眼。

「狐媚女的表現比我好嗎？」

「是。」桓紫音回答。

「柳天雲的表現比我好嗎？」

「是。」

「幻櫻的表現也比我好？」

「是。」

「……」沁芷柔嘴巴微張，彷彿看見蟒蛇長出翅膀飛上天那樣，露出無法置信的表情。帶著濃濃不甘的震驚情緒，強烈到幾乎要實質化一般……就連坐離她老遠的我，都能清楚讀出她的想法。

那是近乎洗頻一樣，在腦內不斷重複「怎麼可能……本小姐怎麼可能墊底」這樣子的思緒。

「認清現實吧，沁芷柔，妳——就是最弱的那一個。」

幻櫻冷冷開口，補上最後一擊。

我記得曾經與沁芷柔約定，在下次校內的輕小說排行榜，以排行一較高下，贏家可以指使輸家做一件事。

單看試前測驗，我能獲得的成績很明顯比沁芷柔優異。

但輕小說家是一種奇妙的生物，越被逼到絕境——離截稿日越近——會如積蓄已久的火山般，爆發出可怕的潛力。

就目前而言，以我尚未完全恢復的實力，與沁芷柔的差距並不大。因此，在正式比賽中，究竟誰輸誰贏，還是難以預料的事。

不過談起「怪人社中的表現」，幻櫻的本領倒是超乎我的意料。

她從來沒有被責罵過半次，每次都能迅速處理課題，那是連中二病桓紫音都無法挑剔的完美。

此外，風鈴的社團表現也非常好，實力穩居C高中第一。

「為了準備即將來臨的校排行戰，今天要進行輕小說的集中練習。」

桓紫音的聲音打斷了我的思緒，「首先，第一項課題是『小說接龍』。」

小說接龍？

「小說接龍沒有題目，你們輪流在稿紙上撰寫故事，每寫一個段落就換人。每個人的筆風習慣都不相同，這可以讓你們練習銜接不同筆法的故事推進，進而補強自身。

「好，由柳天雲開頭。」

說明結束後，桓紫音指示由我先開始。

俗話說萬事起頭難，後面還有幾位高手在等著，我可不能在這裡被小看了。下定一鳴驚人的決心後，我抽過稿紙跟筆。

眼看我開始要動筆寫作，少女們紛紛擠到我的座位後方，想看看我會怎麼起頭。

我的故事：

很久以前，在一座妖魔鬼怪橫行的高山上，有一個名為「霸天村」的村落。

這個村落裡的每個村民都擁有特殊能力，在憤怒到達臨界點時，藉著大吼可以使出屬於自身的強大力量。

我剛寫到這裡，忽然感覺肩膀被人拍了一下。

轉頭瞧去，原來是幻櫻。

她站在我右後方，俏臉繃了起來。

「弟子一號，霸天村是怎麼回事？」

對於這位臨時讀者的意見，我當然樂於回答。

「哦，這是一個處於高山上的村落，山上妖魔鬼怪橫行，而村民在憤怒時藉著大吼……」

「我不是說這個，我是指這取名品味是怎麼回事！」她冷冷地打斷我。

幻櫻對「霸天村」這名字似乎非常不滿。

當然，這也不是不能商量。

身為一名寫作者，又或輕小說家，汲取別人的意見是非常重要的事。

於是我拿過立可白，把村落的名字改成了「傲天村」。

「這改名誠意……如何！」我如此心想，同時斜眼朝幻櫻看去。

幻櫻用鄙視的眼神回敬我。

我一愣，無法理解她為什麼會露出這種眼神，只好轉頭按桌，繼續寫了下去。

我的故事：

很久以前，在一座妖魔鬼怪橫行的高山上，有一個名為「傲天村」的村落。

這個村落裡的每個村民都擁有特殊能力，在憤怒到達臨界點時，藉著大吼可以使出屬於自身的強大力量。

有些村民的力量具有強大的破壞力，有些村民則是可以治癒他人。傲天村的村民們世世代代鎮壓著山上的妖魔，讓他們不致跑下山去。

這天，一個名為龍傲天的少年走出了村莊，他的能力是百萬噸鐵拳，被譽為傲天村中百年難得一見的天才。

他走出村莊是為了參加村民十五歲的成人禮試煉，擊敗十隻以上的妖怪後，就可以凱旋回村。

寫到這，我停筆。

一股難以言喻的滿足心情湧上胸膛。

雖然礙於小說接龍的關係，設定還有些簡陋，不過麻雀雖小五臟俱全，這肯定是能順利發展起來的好故事。

桓紫音見我寫完，轉頭向其他人看去。

「乳牛，接下來換汝。」

「不要！」沁芷柔的反應很激烈。

「為什麼不要？」

「傲天村、龍傲天、百萬噸鐵拳，這故事的品味簡直……簡直糟糕到了極點！」

「這樣的話……幻櫻來寫。」桓紫音無奈，又朝幻櫻開口。

「哼，好吧。」幻櫻冷冷地答應了。

雖然剛剛被幻櫻用鄙視的眼神注視，不過我們畢竟是師徒（名義上的），因此幻櫻願意接受。

這樣看來，我們兩人的關係，或許不像我想像中那麼糟糕。

幻櫻的故事：

龍傲天被妖魔鬼怪殺死了。

從他的屍體上，飄起了驚天黑氣。

原來傲天村所在的山上，之所以會有妖魔鬼怪聚集，是因為山中深處藏有妖魔之王。而龍傲天的出現給了妖魔之王一個絕佳的機會，他趁機附身在龍傲天的屍體上，走回村莊，打算一舉消滅村民。

傲天村的村民沒發覺龍傲天被妖魔之王附身，高高興興地開啟村莊大門，迎接妖魔之王的來臨。

在慶賀成年禮的宴會過後，夜色最濃厚的半夜時分，妖魔之王操縱龍傲天的屍體，悄悄起身，露出猙獰的笑容。

「這個村莊，我滅定了！」

幻櫻的部分也順利結束。

可是對於她的劇情安排，我非常有意見。

「為什麼龍傲天剛開始就死了！他是主角耶！」

「不管是他身處的村莊，還是他的名字，都該死。」幻櫻回答。

「只是因為名字？」我一愣。

「沒錯。」

「……」好吧，我投降。

因為這點小事，與名義上的師父爭執，不是明智之舉。

隨意回嘴，多半會被幻櫻記恨下來，最後將怒氣十倍償還到我身上。

接著輪到沁芷柔動筆。

在沁芷柔的筆下，傲天村村長跟妖魔之王展開了一場大戰。

雖然村長是不可多得的強者，但妖魔之王畢竟修煉多年，很快村長就落入下風。

在妖魔之王逮到村長的破綻，打算給他致命一擊的瞬間，龍傲天的身體竟然違背了妖魔之王的意願，導致這一擊沒有打中村長。

這是相當老套的情節，不過百用不膩。

最後沁芷柔的劇情，停在村長反敗為勝，龍傲天的靈魂飄出身體，與村長開始交談這裡。

終於到了收尾階段。

少女們有默契地加速進行，似乎打算一輪就把這個故事結束掉，再另開新局。

怪人社內，唯一還沒有執筆寫作的，剩下風鈴。

風鈴怯生生地朝大家一笑，接替沁芷柔的位置坐下。

她看起來有些不安。

大概是在擔心自己在眾人的注視之下，能不能寫好最重要的結局。

深深吸了一口氣，高聳的胸脯起伏，風鈴捏緊筆，開始寫作。

「……」

風鈴在稿紙上，寫下一行字。

寫下兩行字。

寫下三行字。

在看清她書寫的內容後，我的雙眼逐漸睜大。

如同被百道、千道、萬道雷擊接連加身，我全身上下每一處，都忍不住開始顫抖。

怪人社成立時間並不久，這幾天也一直是桓紫音老師幫大家評論作品——這還是我第一次看見風鈴寫的文章。

風鈴的筆風高雅而平穩，流暢感十足，使人聯想到綿延不絕的壯闊花海，又或是跨越群山的大片彩虹。

那是一見之下，會不自禁將其烙印進記憶深處的獨特筆風。

見過的……

這種筆風……我見過的……

甚至不需要細想答案。

在夜深夢迴之際，一次次出現在夢境中的，我苦苦追尋的……那個人。

——**晨曦**!!

許多年前，消失在我面前的晨曦，就是這樣子的筆風。

一模一樣。

與當年，一模一樣！

「……」我感到口乾舌燥。

風鈴正凝神在稿紙上寫作，我望著她雪白的後頸，幾乎忍不住叫喊出聲。可是沒錯。

我隨即想起幻櫻就在身旁，勉強壓下了雜亂的思緒。

當初在《早餐少女》輕小說事件後，我就推斷出來，晨曦有極大的可能性，是菁英班五名女孩子其中之一。

而風鈴……正是其中一個可能的人選。

當年的晨曦，如幽靈般藏身於華麗的文字之後，從不露面。我也漸漸習慣了這樣的情況，好像本來就該如此，我們以筆會友，以戰交心，比賽就是我們建立溝通橋梁的唯一方式。

而根據筆風推測想像，我認為……晨曦多半是足不出戶的大家閨秀，興趣是插花、書法、寫作等靜態活動，看見鮮花綻放會露出欣喜的笑容，會為了四季變幻而多愁善感，是一名恬靜秀氣的少女。

「……」

風鈴確實足不出戶，也不喜歡露面，興趣是靜態活動，多愁善感到有些太過敏感。

與我的想像——完全吻合。

再加上獨特的筆風佐證，晨曦的身分，在我看來……已經是呼之欲出！

就在這時，我極慢、極謹慎地往幻櫻那瞧了一眼。

她正專心地看著風鈴寫作，似乎沒察覺我的視線。

……沒錯。

有很高的可能性，風鈴就是晨曦。

我不斷在心裡整理線索。

原本纏得極亂、完全無從下手的局面……在這一刻，被我尋出了某種脈絡，讓我能按部就班地逐步處理。

「眷屬唷，寫得不錯。吾可以再次認同汝的黑暗騎士職位。」

「就狐媚女妳的程度來說，寫得勉勉強強吧。不過跟本小姐比起來，就差得遠了。」

龍傲天幫助村長擊敗以本體型態出現的妖魔之王後，安詳地升天成佛了。

風鈴將原本奇怪的故事做了收尾，眾人紛紛給出評價。

桓紫音老師摸了摸風鈴的頭示意獎勉，風鈴俏臉暈紅，「欸嘿嘿」地笑了出來，兩頰現出小小的酒窩。

「……」

其實風鈴真的很可愛。

她的美少女力固然與幻櫻或沁芷柔相差不多，但楚楚可憐的氣質十分惹人憐愛，像小動物那樣，讓人生起想保護她的念頭。

如果要挑其中一個當真正的女朋友，風鈴無疑是一般男性的首選。

在認知到「風鈴很可能就是晨曦」這件事實後，風鈴在我心中的重要性驟然拔升。

必須找個機會探明真相，我要親自問風鈴，她究竟是不是晨曦。

之後我們又玩了幾輪小說接龍。

然而心不在焉的我筆力明顯下滑，成了被桓紫音老師指責最多的人。最後她用力一敲我的頭，叫我專心在社團活動上。

在頭上挨了桓紫音五下之後，社團活動終於圓滿落幕。

接下來幾天，我一直找不到與風鈴獨處的機會。

幻櫻的行動讓人難以預料，出於某種直覺，我想避開這個便宜師父的目光，與風鈴進行交談，卻苦無機會。

最後，終於來到了禮拜五。

每週五放學，校內「公布欄」會列出小說家排行榜，公布當天輕小說比賽寫得最好的前二十名學生，入選菁英班。

入選菁英班的好處很多，不光能享用比其他人更多的食物，還可以利用輕小說虛擬實境機進行練習，又或是得到桓紫音老師親身教導，這些都是寶貴的修煉資源。資源越多，寫作實力就越容易提升。

哪怕兩個人原本齊頭並進，一個人身處菁英班，而另一個人堪堪落榜，幾個月過去，菁英班的那個人必將勝過對方一籌。

這禮拜的測驗題目是「魔王與勇者」，我認真寫完後上繳作品，自覺比上禮拜寫得還要好。

雖然怪人社有時候看起來像在玩（那些少女堅持不承認是在玩），不過認真練習寫作的時間還是很多的，況且我們白天上菁英班的課程也非常專注。

可是，在今天過後，菁英班成員或許將進行一次大洗牌。為了入選菁英班，努力不懈練習寫作的一般學生，在這一個禮拜能否進化到勝過菁英班成員的地步，是許多人引頸期盼的事。

放學時間一過，我走出菁英班教室，果然擁擠的人潮已經塞滿了公布欄，連一隻幼犬也休想透過人群空隙鑽到前方。

不過這次，校方的宣布方法聰明了許多。

「迷途的羔羊唷，給吾提高警覺！闇黑寶典……希維爾特之聖經，即將降臨卑微的人世間！」

桓紫音老師的聲音自廣播裡傳了出來，響遍整座校園。

不得不說，桓紫音的發言比晶星人更像外星人。晶星人至少會用地球通用語發話，而桓紫音的語言則自成一套系統，任性固執到讓人想搖頭苦笑。

經過一陣子的相處，大家已經有些習慣桓紫音的中二病發言。更常與之接觸的人，比如怪人社成員，已經能精準地翻譯她的話。

「迷途的羔羊唷，給吾仔細聽好！闇黑寶典……希維爾特之聖經，即將布道卑微的人世間！」

這句話如果用正常人的思維再次描述，其實簡單得要命，就是：「聽好，我要公布重要的事情了！」

桓紫音的話，在還沒看到榜單的眾多學生之間，引起了一陣騷動。

騷動並不是因為中二病爆表的言論而起，而是大家都清楚知道——桓紫音大概要公布輕小說排行榜了。

一年後的六校之戰，敗者將失去性命！對於過去十幾年來都活得無憂無慮的大多數學生而言，代表前哨戰的校內排行榜，大概是有生以來最重要的消息。

緊張的情緒不斷瀰漫，有些人開始不安地踱步、嗡嗡低語。

連我的手心也微微出汗。

上一次的排行公布，本來以為可以穩穩拿下第一的我，竟然只得了個第三。

——那這一次呢？

——我的排名會上升嗎？還是下滑？

在幾乎能停滯呼吸的嚴肅氣氛中，桓紫音老師終於開口念誦榜單。

「菁英班第二十名，原一年A班，朝露。」

是風鈴親衛隊的那對劍士姊妹——夜藍、朝露，藍藍路。朝露是妹妹，我記得她說話總是帶著「是也」的口頭禪。

之前朝露無法入選菁英班，這次顯然努力過了，勉強成為菁英班的吊車尾。

「菁英班第十九名，原菁英班，幻櫻。」

「菁英班第十八名，原一年A班，夜藍。」

夜藍也入選了。

然而，讓我有些在意的是，幻櫻雖依舊入選，名次卻跟上次一樣排行十九，處於接近掉出菁英班的尾端。

幻櫻在怪人社裡的表現一向不錯，在正式測驗時竟然只能拿下第十九名，這其實有些超乎我的預料。

不過再仔細一想，我也就釋然了。

正式測驗與練習本來就不能混為一談，若是被心理因素等壓力影響，實力下滑也不奇怪。

不如說……能在關鍵時刻使出來的，那才叫實力。

「菁英班第十七名，原二年D班……〇〇〇。」

「菁英班第十六名，原三年C班……〇〇〇。」

桓紫音還在不斷念誦。

菁英班的構成果然歷經了一番清洗，部分上禮拜拿到極佳名次的人，這次都狠狠跌出菁英班外。

「菁英班第五名，原菁英班……〇〇〇。」

「菁英班第四名，原菁英班……〇〇〇。」

來了。

——來了！

眼看就要開始宣布前三名……

且，直到現在都還沒有念到我、風鈴、沁芷柔三人的名字。

我們三人都很強，幾乎不可能跌出二十名外。

也就是說，前三名的爭奪廝殺……勢必會在我們三人之間展開。

寫作同窗，念作勁敵。

平素一起學習的夥伴，也正是最強的對手。

「菁英班第三名，原菁英班……」

桓紫音說到這，停了一停。

再次開口時，她的語調變得更加鄭重。

「……沁芷柔！作品名《請踩我吧，魔王大人！》。」

「！」

沁芷柔是第三名！

我還沒細細咀嚼沁芷柔排行第三會產生的後果，桓紫音又繼續念了下去。

「菁英班第二名，原菁英班……柳天雲！作品名《孤獨勇者俏魔王》。」

「菁英班第一名，原菁英班……風鈴！作品名《只有勇者不存在的寂寞世界》。」

一口氣擠入腦海中的訊息，彷彿要在我的腦海中炸開。

……第二。

我得到了第二名。

雖然不是第一，不過我進步了……離當年的巔峰期，又接近了一點點。

睽違多年，因寫作而產生的感動……充盈全身。

當初第一次公布排行榜時，我曾經因為只拿到第三名，而灰心喪志。

但現在不同了。

數日前的那一夜，幻櫻曾經落下我所不明白的淚水，要我以挑戰者身分重新出發。

那一次之後，我就明白了——眼高於頂，只會被自身的驕傲與矜持給壓垮，再也看不見通往寫作之巔的道路。

我要繼續變強。

繼續變強……繼續變強……繼續變強！

強到，當我站在晨曦的面前時，能夠抬頭挺胸，告訴她，我柳天雲現在……憑著本心而戰，也能獲勝。

到了那時，站在同樣的心態高度上，我才能真正擁有與晨曦平行對視的資格。

公布榜單引起的騷亂還未平息，這時，公布欄前的人潮，起了一陣騷動。

「沁芷柔大人……？」

「沁芷柔大人！」

伴隨著一聲聲呼喚，原本包圍著沁芷柔、也在廣場前觀看名次的沁芷柔親衛隊們，不知為何迅速讓開了一條道路。

一道嬌小的金髮身影，帶起香風從人群中衝出。那奔跑速度，快得肉眼幾乎無法捕捉。

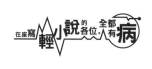

自我身旁擦過後，那身影迅速消失在眾人的視線中。

「……」

清一色由女性所組成的親衛隊，失去領袖後頓時群龍無首、動作遲緩，帶著明顯的茫然。

我聽見她們的低語聲。

「沁芷柔大人……她聽到排名後，就哭了……」

「那麼堅強的她……竟然哭了。」

「沁芷柔大人明明那麼努力，回到宿舍後也都在練習寫作……為什麼會輸呢……」

「柳天雲那傢伙肯定是作弊了！」

「沒錯，他一定作弊！或是賄賂了桓紫音老師！」

對於親衛隊激憤的指責，我聽見了，卻不想反駁，僅僅沉默以對。

在還沒有人注意到我的這一刻，我緩步走出人群。

當曾經輸給自己的寫作對手，反過來凌駕於自己之上時，那種苦悶、煩躁、錯愕，將組合出敗北的痛楚，犀利地將寫作者弄得遍體鱗傷。

我在與晨曦一戰時，早已多次體會過這點。

不甘心。

不甘心不甘心不甘心。

但是，只要能跨過難關，當強烈的不甘心化為變強的動力時，寫作者將以前所未有的速度進步，搖身一變……成為嶄新的自己。

我很確信，沁芷柔還會變強。

當她再次以對手的立場站在我身前時，將以更凶猛的姿態對我發出挑戰——如同當初被「第三名」重重打擊的我一樣。

我信步而行，逐漸遠離人群。

因為桓紫音老師要處理排行榜與校務，今天怪人社停止社團活動一次。

「……」

我是個沒有朋友的獨行俠，即使得到排行榜第二名，也沒有人可以共享勝利的喜悅……在怪人社停課後，我就變得無處可去。

最後當我停下腳步時，不知不覺已經站在怪人社的門口。

我抬頭，看見怪人社的門牌在風中微微搖晃。

社團教室位於頂樓，頂樓缺乏山與樹林阻隔，如同初次與幻櫻見面時一樣，陣陣帶著腥鹹之氣的海風拂面而來。

如果趴在欄杆上往外看，可以看見視線極處有蔚藍的大海。

景色依舊。

但我總覺得，有某些東西、某種事物……在這段不算太長的時間裡，悄悄產生了改變。

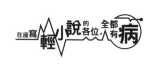

「……」我拉開怪人社的大門，走了進去。

裡面已經有人先到了。

沁芷柔獨自待在教室裡面。

金髮碧眼的少女，此刻正趴在慣用的桌子上，將臉藏在雙臂之間，長長的金髮沿著桌緣披散而下。她右額旁的水晶花髮飾，隨著主人的呼吸起伏輕輕顫動。

「……你來做什麼？」

依舊保持著趴在桌上的姿勢，沁芷柔發出了疑問。她甚至不需要抬頭，就已經猜到是我。畢竟會來怪人社的男生只有我一個，腳步聲很好辨認。

沁芷柔的聲音帶著些許哽咽，顯然剛哭過。

「來參加社團活動。」我說。

「今天沒有社團活動，你可以離開了。」

「……」

我不理她，從旁邊的書櫃中抽出一本輕小說，坐下來閱讀。輕小說書名是《前進吧!!高捷少女——音躍》。

過了片刻，沁芷柔的聲音又悶悶地傳出：「你為什麼還不走？」

「我為何要走？」

「你特地來向我炫耀勝利者的悠閒嗎？」

「我沒有那麼無聊。」

我只是無處可去，所以才在這裡罷了。

可是根據過去的經驗證明，說出這句話後，往往會被交談的對象以同情的目光注視。

我柳天雲不需要別人的同情，所謂的獨行俠，獨自一人是再正常不過的事。但避免麻煩上身也是獨行俠的技能之一，所以我學會不再將那句話說出口。

「你現在是不是在心裡笑我？」沁芷柔又道。

「我說過，我沒那麼無聊。」

「你明明就在心裡笑我！」

沁芷柔猛然抬起頭來，露出一張爬滿淚痕的俏臉，淚珠仍不斷從她臉上滾落。以帶著哭腔的語調，沁芷柔開口了：「……不過以後真正寫起長篇小說，就沒有捷徑可走，你大概很快就會被刷出二十名外吧。

「……我在網路上可是人氣小說家，連載的每篇都是大人氣作品唷，而且幾年以來，日日更新，從未斷過。

「……同時呢……我每天都親身而為，去模擬筆下角色的臺詞，你能居於我之下拿到第三名，應該感到自豪。」說到這，她抽抽鼻子。

「這是本小姐……本小姐……上個禮拜在排行榜前對你說過的話……現在看來，是不是很可笑？」

我闔上手中的輕小說。

「也就是說……妳認為自己應該要贏我嗎？」

「你這傢伙整天只會泡女孩子，本小姐本來就不該輸給你！我明明這麼努力……這麼努力了……！」

——提起勝負的行為，彷彿再次挖開了沁芷柔仍在滴血的傷口，她的聲音漸低。

雙眼哭得紅腫，沁芷柔的臉上滿是戰敗的不甘心。

看見她的模樣，哪怕我平常再怎麼剛硬，心腸也不禁軟了下來。

「……沁芷柔，我說一個故事，給妳聽。」

以帶著追憶的口吻，我開始向沁芷柔述說一個故事。

那是一個剛愎自用的少年，遇到一個名為晨曦的少女……的故事。

少年在寫作上曾經戰無不勝，直到遇見了少女為止。

隨著一次次戰敗，汲汲於勝利的少年為了奪取第一，文章漸漸充滿了匠氣，變得俗氣無比，迷失了本心。

察覺真相的少女，為了喚回少年的本心，託人遞上了親筆寫的紙條，表達少女期許少年能為自己而寫、為本心而戰。

然而，在下一次的交鋒時，沉淪於勝利迷霧中的少年，依然靠著寫出評審喜歡的東西，以些微之差擊敗了少女。

那之後……少女就此消失。

消失於比賽。

消失在，少年的世界中。

故事結束。

沁芷柔咬著下脣，忽然道：「你知道我是誰嗎？」

妳是誰？

「C高中的校園雙花之一，網路上的大人氣小說家，設定系怪人。」我答道。

「……不知道，那就算了。」沁芷柔說：「還有柳天雲，你剛剛最後一句是多餘的。」

「是嗎？」

「……喂，本小姐有個疑惑。」

「妳問。」

「你今天為什麼這麼溫柔？照理來說，你應該要皺著臉仰天大笑，說：『哈哈哈哈哈……哈哈哈哈哈哈……我柳天雲身為尊爵不凡的獨行俠，拿下第二名什麼的，只是意料之中！』」

「我才不會那樣說話！」不知道為什麼，被沁芷柔用怪怪的腔調模仿，我感到強烈的羞恥。

「你會！」

「絕對不會！」

「本、小、姐、保、證、你、會！」

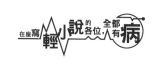

我打開手上的輕小說閱讀，不再與沁芷柔交談。

今天的我確實有些不一樣，說出了平常不會道出的話。

……因為沁芷柔的失態，讓我依稀見到了當年無法接受敗北的事實、進而走偏的自己。

以獨行俠的立場來說，根本不會管別人的閒事。

但身為獨行俠的同時，我也是一名寫作者。

沁芷柔的寫作本領非常強大，為了不讓她墮入失敗的深淵，變成另一個昔日的自己，我就有伸出援手的義務。

沁芷柔見我不理她，哼了一聲，也去拿了一本輕小說來看。

我們兩人就這樣默默無語，各自看著手中的輕小說。

很快一小時過去了，這段期間內，怪人社裡始終沒有新的來訪者。

《前進吧!!高捷少女——音躍》被我看完了，我起身準備離開怪人社。

「那、那個，柳天雲！」

在我剛起身的瞬間，沁芷柔忽然喚了我的名字。

「？」我轉頭向沁芷柔望去。對方眼神飄來飄去，似乎不知道怎麼開口。

「那個……那個……」

這一瞬間，沁芷柔看起來竟然跟風鈴有點相似，表情含羞帶怯，說話結結巴巴。

但相似，畢竟不等於相同。

金髮碧眼的美少女，沁芷柔。本質上她還是恐怖的魔王、殘念的設定系少女，這些事實並不會因為我贏過她而改變。

一個魔王會這麼鄭重考慮一件事，顯然不會發生什麼好事。

「……」

於是我當機立斷。

「妳想好之後，下次再跟我說，我餓了。」我說完後，邁步就往門口走去。

「等一下啦！」

以極為激動的姿態，沁芷柔站起身來，抓住我的衣袖邊角。

她的身高比我矮上許多，視線由下往上看向我，那雙因淚水而顯得有些溼潤的大眼恍若帶有勾魂的魔力，讓人無法輕易移開目光。

「之、之前不是有賭約嗎？本小姐跟你約好了……贏的人可以向輸家提出一個要求……」

她吞吞吐吐地道：「既然是我輸了……那個……如果你不說出來的話……呃……我會睡不好……」

沁芷柔表達得非常含糊。

但「痛快說明想提出什麼要求」的意思，還是成功傳遞給我了。

「沒想到妳還真的打算履行承諾？」我有些吃驚，本來以為沁芷柔會一直假裝忘記，直到弄假成真為止。

如果是幻櫻那傢伙，肯定會爽快地賴帳，還會美其名為「騙人是詐欺師的天職」。

「當然會履行承諾，你當本小姐是誰!?」沁芷柔有些不悅。

這樣啊。

這樣啊……

實在是被幻櫻騙得太狠，我一度對於這個充滿惡意的世界產生絕望……但現在看來，一切還是美好的，對於人性的善良度，我不禁重新有了信心。

如同在最黑暗的絕境中，被耀眼的曙光照射在身上般，這個世界讓我再次感覺到暖意。

想到這，我忍不住露出笑容。

「……笑一個。」

「什麼？」沁芷柔遲疑。

「我勝利後的要求，是要妳笑一個給我看。」

「哈?本小姐為什麼非得笑給你看不可啊？」

「……」

絕望啦!對這個毫無善良度的世界絕望啦!

「妳剛剛不是說會履行承諾嗎！」陷入絕望的我，有些惱羞成怒。

「是沒錯，可是……」

「可是什麼！」

「可是變身成……水雲流設定的話……或其他設定還好說……我現在是平常狀態……」

「笑一個到底有什麼困難的！」

「那個……不是有個偉人說過…『本尊真實的笑容，只能給最重要的人看』嗎？」

「胡扯，那個偉人是誰啊！」

「當然是本小姐。」

「果然是妳嗎！」

「本小姐既可愛又聰明、身材又好，就算日後名留青史也不奇怪吧？難道你孤僻到沒聽過四大美人嗎？」

四大美人其實不算偉人。

所謂的偉人，應該是對於國家或社會做出巨大貢獻的人。因為偉大，所以留名，這才叫偉人。

我本來想耐著性子跟沁芷柔解釋「何謂偉人」，卻霍然發覺，沁芷柔雖然表面上跟我鬥嘴，眼眸深處的光采卻不如平常明亮。

她仍有些無精打采。

看來對她而言，敗給曾經的手下敗將，是沉重到難以負荷的打擊。

我之前不斷勸慰，甚至連自身的故事都全盤托出，亦沒有起到太大作用。

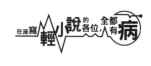

原來如此。

原來如此……嗎？

「哼哼哼……哈哈哈哈哈……」

於是，我開始笑。

以手掌蓋臉，仰天大笑，越笑越是開懷。

要救垂死的病人，就得下猛藥！

想使沁芷柔從戰敗的情懷中脫離，就必須用更強大的手段加以擠兌，讓她無暇胡思亂想。

——送佛送上西，既然妳認為我柳天雲該是這種姿態，那我就幫妳一回！

「哈哈哈哈哈哈哈哈……想聽我的要求是嗎？很好，非常好——既然如此，我柳天雲就講給妳聽吧！」

沁芷柔迅速退後了幾步，樣子有些警戒。

她的武力明明比我強大許多，卻在我的笑聲之下，露出有些恐懼的神情，以雙臂緊抱著自己。

「聽好了……我柳天雲的要求！」

最終，我緩聲開口。

「從現在到六校最終一戰為止，還有將近一年。如果這一年內，妳的名次依舊被我壓著無法翻身……那得到晶星人的願望、使C高中獲救後，妳就當我真正的女朋友吧。」

「真正的女朋友？」沁芷柔一呆。

「沒錯，真正的女朋友。現在我們不過是名義上在交往，實際上，如果我私底下忽然牽起妳的手，絕對會被妳一腳踹得黏在牆壁上吧？」

「你、你竟然有自知之明！」

沁芷柔頗為驚訝。

……她究竟把我當成多麼不知好歹、狂妄自大的人。

「但是，在我這次的要求下——如果妳繼續在寫作上敗給我的話，一年後，妳就是我真正的女朋友了。」

沁芷柔以清澈的碧綠雙眸，直勾勾地望著我。

那眼神，既像審視，又似評估，看得我有些慌亂。

我本來以為沁芷柔會拒絕，道出「再說下去，小心本小姐宰了你」之類的話，不料她卻緘默下來。

過了半晌。

最後，從她粉嫩的櫻唇中吐出的，是超乎我意料的話語。

「……我答應了。」

聽到她的回答，我不禁愕然……

但她接下來說出的話，更是讓我驚訝。

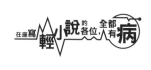

「我不會讓你得手的。不過，柳天雲，本小姐還是勉為其難地謝謝你。」

沁芷柔竟然向我道謝。

之前好幾次想要痛宰我，動不動就換上和服、宣言要把我大卸八塊的沁芷柔……竟然向我道謝。

她看穿……隱藏在狂態背後的真相了嗎？我以為自己掩飾得很好。

「哈哈哈哈……哈哈哈哈哈哈哈哈……別搞錯了，我柳天雲……不需要旁人多餘的道謝！」

沁芷柔點頭。

「聽好了，我什麼也沒做。」

沁芷柔又點頭。

「我只是想利用賭約，在一年後得到漂亮的女朋友而已。」

沁芷柔連連點頭。

「倒是給我說點話反駁啊！」

「好，我反駁你。」說是這樣說，她的神情卻很溫和。

「反駁不是這樣子說的！」我感到臉上發燒。

身為孤高的獨行俠，最不能忍受的，就是心思被人看穿的感覺。

於是我一甩想像中的袖子，冷哼了一聲，推開大門，揚長而去。

「人生自古……誰無死。」

為了取回自己的格調與臉面，我開始高聲吟詩，將詩聲遠遠傳了出去。

「留取丹心……照汗青！」

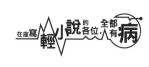

第三話

魔王師父與徒兒A

時間在大量的輕小說課程修煉中，又過去了兩個禮拜。

我、幻櫻、風鈴、沁芷柔四人依然固定在一天的課程結束後，去參加怪人社的社團活動。

每天放學後爬上頂樓，已經漸漸變成一種習慣。

而在這段時間內，校內排行榜倒是逐步穩定了下來。

前二十名的變化幅度減少了，頭三名依舊是風鈴、柳天雲、沁芷柔這樣排列，後面十幾名名次彼此交換居多，只有五個舊生跌出菁英班。

令人驚異的是，幻櫻……依舊保持在十九名的名次上。

算上晶星人剛降臨的那次排名戰，這已經是她第四次蟬聯第十九名。

而我始終找不到與風鈴單獨相處的機會，無法探明她究竟是不是晨曦。

其實我有些害怕。

身為詐欺師神話的幻櫻，讓我有如驚弓之鳥。驚弓之鳥這句成語是說，曾吃過獵人苦頭的鳥兒，連聽見弓弦彈動的聲音都會驚懼墜下。

幻櫻的心計實在太強，處處料敵機先，會不會……連我此刻的猶豫，也在她的計算之中？

然而，我很快就無法擔心來自幻櫻的威脅。

不是幻櫻不再可怕，而是實在太忙了。

不單白天的菁英班課程大幅度加重，連怪人社的集訓也變得密集。

當一個人從早到晚都得面對同一件事，即使原先是興趣，能從其中獲得的快樂也會迅速減少，過頭了反而不妙。

會這麼忙，完全是因為離上一場校際輕小說月模擬戰……已經過去將近一個月。

而這也意味著一件事……又將與別的高中，展開新的校排行之爭。

——與E高中的校際輕小說月模擬戰，即將在一個禮拜後開始！

——勝利的話，C高中就可以擺脫最後一名！

——戰敗的話，C高中絕對會陷入糧食不足的死境，開始有學生餓死！

所以不能輸。

絕對不能輸！

最後幾天，我們幾乎都在強化寫作能力。

一天一萬字的寫作練習，讓許多菁英班學生叫苦不迭；而怪人社的成員加上社團活動，則有兩萬字的負擔量。

兩萬字，那幾乎是小半本書的量。

以桓紫音老師的說法，如果寫作者一天能寫兩萬字的話，一個月就能出七本書……光是聽，就無比驚人的數字。

但是除了要快，也要好……在注重速度之餘兼顧品質的提升，對於寫作者來說是十分嚴峻的挑戰。

「好累……想要休息……狐媚女……妳不累嗎？」

在怪人社的社團裡，第一個撐不住的是沁芷柔。

就連曾在網路上長期連載，已經習慣每天大量寫作的沁芷柔，也撐不住一天兩萬字的疲勞轟炸。

後仰將整個身軀的重心靠在椅背上的沁芷柔，髮型有些散亂，累得絲毫不顧形象。這樣子的姿勢，讓她渾圓飽滿的胸部看起來格外凸顯，白色的制服上衣被撐得相當緊繃。

沁芷柔的視線盯住了風鈴。

本小姐都快不行了，妳這狐媚女難道可以？沁芷柔的眼神像在這麼說。

「風鈴……其實也有點累了……」

風鈴臉色蒼白，說話的聲音也相當疲倦。

「累的話就投降吧，本小姐不會恥笑妳的。」

「學姐，這樣是不行的……您看，前輩都還沒停筆，風鈴要加油，不可以成為前輩的負擔。」

「柳天雲……你這傢伙！」沁芷柔不悅地啐了一聲，似乎覺得是我的錯。

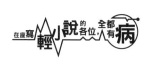

我們三人苦著臉埋頭寫作，可是社團教室的角落裡，卻不時有清脆的「喀喀」聲傳來。

那是幻櫻所在的位置。

幻櫻手上拿著鮮紅的大蘋果，一邊欣賞窗外的風景，一口一口啃著蘋果。

窗外偶爾會有海鷗飛過，畢竟不遠處就是大海。

幻櫻似乎格外喜歡吃蘋果，而做為社團活動的獎勵，桓紫音也常常不吝嗇地將稀少的水果庫存拿給幻櫻吃。

「……」我的目光在幻櫻身上停留片刻，隨即收了回來，繼續埋首於寫作中。

我、風鈴、沁芷柔的寫作速度已經遠超一般學生，但幻櫻的寫作速度竟然是我們的一倍以上，往往我們還在苦思劇情大綱，她就已經將整天的作業完成。

當然速度快，不代表寫作水準比較厲害……畢竟幻櫻在每週的測試時，只能排到十九名，只是她的寫作速度太過驚人，快到相當引人注目。

但我也注意到了一件事：只要旁邊有其他人、當我與幻櫻不是單獨相處時，她的話就會變得很少。

在怪人社裡，比起熱熱鬧鬧地一起討論，幻櫻更常獨自待在角落，一個人考慮事情。

前段時間，一個社團活動後的晚上，幻櫻單獨將我找了出去。

我原先以為師父又寫了異想天開的攻略本，想要弟子一號在月夜中去執行……

我本來已經做好逃跑的準備，幻櫻卻帶著我走出了C高中。

C高中現在位處一座小島上，島非常小，方圓不會超過一公里。

在C高中的校地範圍外，島上其餘地方是大片大片的蓊鬱森林……只是森林裡找不到任何食物，就連野獸跟野菜也沒半點，所以鮮少有人踏出校地範圍。

「弟子一號，跟上。跟不上的話就揍你。」

一如往常的蠻橫。

幻櫻在盤根錯節的林地上快速跳躍穿行，就像一隻輕盈的兔子。樹林裡很安靜，幻櫻腰間面具墜飾的碰撞響聲，聽起來特別清晰。

仰賴有些黯淡的月光照明，兩人在樹林裡不斷穿梭，離開C高中約一百公尺後，我們來到一棵參天大樹下。

那是我喊不出名字的奇怪樹木，葉子極為茂密且呈橢圓形。

大樹的模樣像一個修煉有成的武者，站姿挺拔穩健，好似在釋放自己不屈的意念，朝四面八方、天空伸出了粗而長的枝幹……於幽暗的林中，甚至無法看清枝幹究竟延伸到何處。

如果是白天來這裡，想必可以見到一木蔽天的壯觀景象吧。

幻櫻仰頭看著大樹，在巨大的樹體對比下，她看起來更顯嬌小。

「……弟子一號。」幻櫻一拍大樹。

「？」

「爬樹上去，你先爬。」

「爬上去要幹麼？嗚噗！」

幻櫻朝我的腹部揮了一記重拳。

「蠢材！對師父說話客氣點！」

吃過苦頭後，我更加謹慎。

「咳，那麼師父，可否提點一下愚昧無知的弟子……爬樹要做什麼？」

「你爬上去就知道了！問題真多！」

這時候我理解了一件事：問不出答案，跟我的語氣沒有太大關係，事情的發展其實只看幻櫻的心情。

眼前的銀髮少女，簡直任性得亂七八糟。

「快爬！」幻櫻催促。

「可是師父……我不會爬樹。」我愁眉苦臉。

「什麼……」幻櫻的語氣很驚訝，「你不會爬樹？」

「人類是不需要學會爬樹的，因為……」

我正要詳細地講解自己的看法，卻被幻櫻截住話頭。

「……停！」

「反正你又打算搬出類似之前溺水時，『人又不是魚，無須學會游泳』的理論對吧？」

幻櫻的話，使我心頭一凜。

我確實本來想說「人又不是猴子，不用學會爬樹」，但就這麼坦承心思被看穿，恐怕會讓幻櫻覺得我柳天雲好欺負……所以，我可不能輕易示弱。

於是我迎著夜風，大大展開雙臂。

「哈哈哈哈哈哈……幻櫻唷！妳平常自認算無遺策，但我柳天雲……嗚噗！」

一秒鐘後，我抱著腹部倒在地上打滾。

我花了許久時間慢慢爬起身，苦著臉看向正瞪我的幻櫻。

「我真的不會爬樹……不然這樣好了，妳先示範怎麼爬，我會學起來的。」

「我絕對不能先爬！」幻櫻的語氣很堅定。

我打量幻櫻。

她身著整齊的學校制服，雪白的制服上衣，短到露出大半截腿部的藍色水手裙，確實不是適合爬樹的裝扮。

就在這時，我忽然記起幻櫻之前曾說過自己沒穿內褲的事情來，而且不只一次。

我的視線在幻櫻的大腿根部掃來掃去。如果我是卡通人物的話，身上肯定會不斷冒出好奇泡泡。

難道……

難道說……

「螺旋——搏擊！」

回答我疑惑的，是力道超越以往任何一次的豪拳。

「跟好了！我柳天雲只表演這麼一次！」

再次站起身後，我拋下場面話。

趁幻櫻的拳頭還沒落在我身上，站起身後，我率先爬上了那棵大樹。

爬樹其實沒有想像中困難，樹皮十分粗糙，凹槽與落腳點也很多。

在幻櫻的指引下，我們攀爬到近十公尺的高空，再沿著一根格外粗大的枝幹往外爬去。

「這是……」

最後，在我眼中出現的，是一間非常簡陋的小木屋。

大樹複雜交錯的枝幹上，墊著堅固的大片木板，以此為根基……用釘子將幾片木板固定出「合」字型的樣子，頂端加鋪點樹葉，就構築成了小木屋。

幻櫻爬到了小木屋裡，成正坐姿勢面向外頭。

從小木屋的高度眺望出去，眼前景色豁然開闊。密密麻麻的樹木頂端組成的綠色地毯出現在眼前，耳裡聽聞遠處大海傳來的潮汐聲，加上高處的新鮮夜風拂在身上，讓人感到神清氣爽。

「小木屋蓋得不錯。」我在幻櫻旁邊盤腿坐下，稱讚道。

幻櫻不置可否地「呼嗯」了一聲。對她而言，這樣似乎就算做出了回答。

許久後，幻櫻才終於開口。

「弟子一號，我有話……想要問你。」幻櫻的語調放得很慢，慢到我幾乎以為是分開說的兩句話。

「嗯，妳問吧。」

我的回話方式變得老實。

因為小木屋裡其實並不大，我們兩人要坐下得肩靠著肩，也就是說……沒有閃避拳頭的空間，每一句話出口前都要好好考慮。

「弟子一號，在你心目中，覺得晨曦……是個什麼樣的人？」她的語調依舊緩慢。

我想了想，回道：「和煦、體貼，擁有似水般的溫柔，非常老實，容易慌亂……任何事情都會先為對方設想……」

「不會強迫別人做事。」

雖然有挨揍的風險，我還是忍不住偷偷損了幻櫻一下。

「就這些而已嗎？」幻櫻的反應很平靜。

聽到她的問話，不知為何，我原本正滔滔不絕的描述一滯，然後停頓。

「呃……差不多了。」我下了結論，「總之呢，大概是個文靜又可愛的少女。」

幻櫻微微頷首，不再說話。

任由時間在我們之間悄悄流逝。

過了一個小時，我們離開木屋，爬下大樹，重新回到C高中的校園。

返程中，我們兩人沒有再交談，四周只能聽見面具墜飾相互碰撞的喀啦喀啦響聲。

如同去時般，我依然跟在幻櫻的後面。但這一去一回，卻有了小小的差異。

幻櫻的背影，在月色下顯得特別單薄。

不知為何，我竟然自此刻的幻櫻身上，感受到一絲奇特的情緒。

那情緒……

很像，獨行俠特有的落寞。

在第一次的校際輕小說月模擬戰中，大家明白了晶星人初步給出的規則——

為了一年後的正式比賽做準備，每個月的最後一天，將由晶星人做為裁判，進行學校與學校之間的輕小說攻防模擬戰。模擬戰的規模，會隨著逼近正式比賽而變得更加盛大。

在校際輕小說月模擬戰時，每次只能挑戰比自己學校高一名的敵校，如最後一名只能挑戰倒數第二。若是得勝就能不斷往上挑戰，就算直接翻身成為第一名，也是有可能的（恰好怪物君完成了實例）。

當月敗過一次的學校，無法再主動發起向上挑戰，只能被動地接受底下學校的挑戰。

附註：由於人類的棋類有卒殺帥的有趣規矩，每三個月，排名最後的吊車尾學校將獲得一次不受限制的挑戰權，能夠直接挑戰第一名；假若吊車尾戰勝第一名，雙方排名互換。

這就是目前得知的所有規則。

裡面所提到的「模擬戰的規模，會隨著逼近正式比賽而變得更加盛大」這句，也十分耐人尋味，這代表在最終一戰之前，晶星人或許會增添規則上的變化。

月模擬戰過後，排名越高的學校，可以獲得越多晶星人給予的修煉資源，如輕小說虛擬實境機。

或許其餘高中內，有分發到比輕小說虛擬實境機更好的東西，只是以C高中目前的名次無法使用而已。

資源越多，當然也代表著進步越容易。

六校之爭，隨著一年後的最後一戰逐日逼近，競爭將更加激烈！

大戰將臨。

這次輪到我們以最後一名的身分去挑戰E高中，就像怪物君當初前來挑戰C高中一樣。

隨著決戰日期逐漸接近，桓紫音老師的嚴厲程度也不斷增加。

這天怪人社裡，桓紫音正在批改眾人當天的作業，還沒看完，嘴裡就「嘖」的一聲。

她正在閱讀風鈴的稿子，看到一半，眼神忽然往前飄去，望向風鈴。

「風鈴！」

「啊……是！」風鈴嚇了一跳。

「汝雖然是校排名第一，可是還不夠厲害。」

「說來也是奇怪，汝身為本皇女旗下的首席黑暗騎士，日夜吸收闇之精華，黑暗原力不該只有這點水平。」

桓紫音的日常就是中二病大爆發，這兩句以普通人的話進行翻譯，就是：妳身為怪人社的成員，又是校排名第一，應該要再更強一點。

被桓紫音這麼嫌棄的風鈴，其實並不是真的很弱……只是因為校排名第一如果在比賽中落敗，那剩下的人幾乎也不用再比。

從怪物君橫掃各校的成果可以得知……六校之間的競賽，決定勝負的其實是各校最頂尖的那一位。

C高中此刻的菁英班、校排名系統，只不過是為了讓學生彼此競爭，進而培養出最強的那一位輕小說家罷了。

「對不起……」

遭到桓紫音批評，風鈴的情緒很低落。

「風鈴盡力了……真的很認真、很認真地學習您教的東西了……」

桓紫音聽到風鈴的話，哼了一聲。

又看了幾分鐘的稿紙，她像是突然想到了什麼，這次直接站起身，將手按在桌上，身體前傾。

「吾明白了！」

「這段期間觀察下來，風鈴，汝的敗筆就在於……不夠奇怪！」

「什麼？」風鈴顯然聽不懂。

「輕小說家往往是越怪越強，越有病越厲害！」

桓紫音如此開口，「看看零點一吧，那傢伙又怪又有病，仗著個性特別奇怪，最近的校排行是不是贏過乳牛了？」

聞言，我重重咳了幾聲，想表達我的不滿。

什麼叫做仗著個性特別奇怪，我明明是實力取勝的好嗎！

但——輕小說家越怪越強，越有病越厲害，這個論點倒是與我相同。

桓紫音說到忘我，桌子被她前傾的幅度壓得有些晃動。

「所以了，風鈴！汝要朝更怪、更有病的方向努力！」

「咦……？」風鈴遲疑了。

「零點一，笑幾聲給風鈴聽聽，讓她學學！」

「我拒絕。」

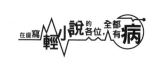

「臭小子，汝想害C高中滅亡嗎！」

「C高中才不會因為不學習我而滅亡！」

「那風鈴，汝學學乳牛吧。她的病氣比零點一弱點，卻也可以一學。」彷彿退而求其次般，桓紫音再次提出要求。

「本小姐才沒有病！」沁芷柔用力反駁。

「吵死了，本皇女說汝有病，汝就是有病！」

「我至少一般狀態還是正常的好嗎！桓紫音老師妳連平常都怪怪的，還好意思說人家！」

經過這段時間的相處，怪人社的成員漸漸沒有那麼畏懼桓紫音了。

初見時看她把英文老師當人椅坐，本來以為她是個殘酷的暴君……但經過相處之後才發現，那其實只是新政策開荒期的示威手段。

只要不觸犯到桓紫音的底線，她人還是不錯的。

加上桓紫音是個強大的輕小說家，這點是千真萬確的事，所以整體而言是個及格的老師。

「汝等竟敢拒絕闇・維希爾特・玫瑰一族的吸血鬼皇女傳下的福音，哭喊吧、祈求吧……黑暗天幕即將落下，滅絕這裡所有還能呼吸的生物！」

……如果她正常點就更好了。

事後，風鈴跑來找我。

「前輩，您可以教風鈴怎麼笑嗎？」

彷彿看到乾淨的泉水被倒入墨汁那樣，我霍然一驚。

身為怪人社裡唯一的清流，當我受不了幻櫻、沁芷柔或是桓紫音的奇怪舉動時，風鈴是唯一能提供心靈治癒的強大人物。

於是……我按住風鈴的肩膀，以非常認真的語調向她說明。

「別聽桓紫音老師的，妳保持原狀就可以了。」

「唔，真的嗎？」

「真的。」

「好哦……那風鈴就放心了。」風鈴說完後，嫣然一笑。

看見那笑容，我察覺心靈的血量馬上提升。

……果然啊。

風鈴也變怪人什麼的，是絕對的禁止事項啊。

風鈴究竟是不是晨曦——這猜測如同沉甸甸的鐵塊壓在我的心頭，讓我時常感到煩悶。

我渴望見到晨曦，然而當與晨曦本尊見面的可能性驟增時，又感到無比的害怕。

……現在的我，有那個資格了嗎？

……現在的我，跟當年讓晨曦失望的我比起來，有取得進步了嗎？

身為一個獨行俠，我很少有在情感上迷惘的時候。

但晨曦是不同的。

她的存在，足以擾亂我的心湖。

所以就算偶爾在幻櫻分心時，逮到與風鈴兩人獨處的機會，看著風鈴嬌俏的身影，我也無法向前提出疑問。

默默觀察。

悄悄關注。

這樣的筆風，如此的樣貌個性，都與我想像中的晨曦相同。

以臆測與聯想構築起的晨曦幻影，有時候會在我寫作感到極端疲憊、恍惚時，以虛無的型態與風鈴的身影重合。

風鈴……晨曦……

妳們究竟……是不是同一個人！

在長期修煉後，菁英班所有成員的狀態都已經調整至巔峰。

唯獨我，兩年的空白一時難以彌補，仍未取回全盛時期的本領。

但即使是這樣，也已經夠了。

校排行前三名……我、風鈴、沁芷柔組成的寫作聯合軍，不管放在六校中的哪一處，相信都是頗為強大的戰力。

長時間備戰帶來的充實，將緊張感稍稍沖淡。

終於。

在緊湊的修煉課程中，七月底降臨。

激戰降臨！

七月三十一日，晚上八點。

如期而至的晶星人宇宙船，破開夜晚的雲層，停在教學大樓前。

這艘宇宙船相當迷你，最多只能容納十幾個人。

各校也僅能派出三名學生代表上船，所以空間綽綽有餘。

「地球人們，聽好了。」

衣著依舊怪異的晶星人走下宇宙船後，劈頭就拋下這句話。

「派出你們的代表，前往E高中！」

包含我在內的C高中三名代表，很快乘上了宇宙船。

我們坐在靠近後艙門的地方，這裡沒有玻璃窗，所以看不見外面的風景。

沁芷柔穿著粉紅色的和服。據她所說，這是認真作戰時穿的服裝。雖然換上和服，可是沁芷柔沒有轉化為水雲流少女，看來她真的很緊張。

在飛行過程中，似乎是為了排解壓力，沁芷柔開口了。

「喂，你們知道E高中的名人嗎？」

「那是什麼？」我回。

「E高中的將棋社社長，去年拿下了七個縣市聯合舉行的高中生將棋比賽冠軍，堪稱將棋界的天才。」

「將棋冠軍？那又如何？」

「這個社長不單將棋厲害，也常居E高中學業成績的前三。而且平常偶爾也會參加寫作類的比賽，以犀利的筆風聞名。曾有一期，他的文章成為寫作月刊上『這篇小說真厲害』的主打星。」

「妳怎麼知道這些事？」我問道。

在這個資訊受限的環境下，沁芷柔竟然知道這麼多事。

沁芷柔雙手交叉抱胸，以了不起的模樣道：「哼，本小姐之前可是網路上的大人氣小說家，對於網路上流傳的情報，當然知道得一清二楚。」

「……是嗎？」我淡淡道。

風鈴倒是以崇拜的目光看著沁芷柔。

大概是風鈴的注視讓沁芷柔得意起來，以炫耀自己知識量的語氣，她又補充了一些事。

「飛將，這是那個人的筆名。據說他留著長長的刺蝟頭，頭髮染成了紅色，是個不太好相處的人。」

飛將……嗎？

我知道「飛將」是將棋的棋子之一，可循縱向、橫向自由行走，能夠越過玉將、太子、大將、副將、角將、飛將、猛龍、飛鱷以外的棋子，更可以捕殺所有被越過的敵方棋子。

以將棋的生態來說，飛將能夠橫衝直撞，無疑是棋盤裡強大的助力。

敢以飛將為筆名，代表這個人對自己信心十足！

而沁芷柔提到的寫作月刊，「這篇小說真厲害」專欄……在當年，我的作品也曾經多次被選上。

宇宙船依舊保持無聲飛行。

聽人提起寫作月刊……我不禁陷入了回憶中。

宇宙船慢慢下降，最後停在E高中的校園裡。

明明只在C高中被關了一個月，給人的感覺卻好像過了很久。

久到，對外界有些陌生。

導致真正踏上E高中的土地時，有種不太習慣的想法浮現。

「……」

我是第一次來E高中，發現這裡的環境與C高中有巨大的落差。

C高中相當重視環保與生態循環，在校地裡種植許多樹木，空氣清新，鳥鳴陣陣，除了主要校舍之外的少數地方，放眼可見大片花圃。

而E高中的校舍蓋得格外氣派，漆成各色的亮麗閣樓處處聳立，高樓之間搭起天橋做為通道，主要建築前還放置各式異獸雕像，將「豪華壯闊」四字主軸發揮得淋漓盡致。

就算是現在這種夜晚，掛在E高中各處的彩燈，也將校園映得輝煌閃耀。

步下宇宙船後，我走在前面，沁芷柔與風鈴跟在我身後。

E高中的一千多名學生，大概是早知道C高中會來挑戰，已經在他們的教學大樓前等候。

我們離開宇宙船後，頓時被一千多人給包圍。

一千多對眼睛在我們三人身上掃來掃去，但這些人都緊閉嘴巴，安靜到……讓人感到有些異常。

安靜到……有些可怕。

負責比賽運行的晶星人走到廣場正中間，二話不說，從口袋中掏出一粒白色骰子，撒在地面一滾，骰子立刻充氣變大，變成一棟有門戶的正方形房間。

骰子房間。

之前就已經見識過這高科技道具，只是因為桓紫音判斷怪物君實在太強……擔心慘敗受到打擊，可能會損失輕小說高手，所以Ｃ高中在比賽開始前就投降了。

到了現在，Ｃ高中也還沒見識過骰子房間裡面的模樣。

「Ｃ高中輕小說代表出列！」

一名站在骰子房間前的晶星人，高聲開口。

我們三人依言向前，走到骰子房間前列隊。

「Ｅ高中輕小說代表出列！」

晶星人等了幾秒，Ｅ高中卻沒有人出列。

廣場四周，來自一千多人的沉默，混成了強烈的凝縮感，讓人感覺空氣流動彷彿變得緩慢。

「Ｅ高中輕小說代表出列！」晶星人再次喊道。

這次他有些不耐煩。

此時，原先緊緊圍在宇宙船正前方的Ｅ高中學生，裂開一道破口。

許多學生從那道破口裡走出，他們用力推著寥寥三名男學生，似乎在強迫他們往前走。

「我不要……我不要比了！」

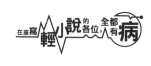

「不要比了……不要比了……我不要比了！」

那被推著前行的三名學生，從喉嚨裡擠出恐懼至極的大叫聲。

「可怕……好可怕……好可怕！」

「好可怕……不要……」

「我不要比了！」

喊聲。

撕心裂肺的狂喊聲。

三名男學生，終於被推到人群組成的圈子裡。

在這時，我看清了那些人的樣子。

其中兩人相貌平凡，而走在最後面的那人，卻讓我的雙眼慢慢瞪大。

「我不要比了！不要！好可怕……寫作好可怕！」

一邊發出這樣的吼聲，最後面那人以指甲用力抓著頭髮，蹲在地上痛苦大叫。

他留著長長的刺蝟頭，一頭如火般的紅髮，原先應該顯得剛毅銳氣的臉龐線條，此刻被害怕與膽怯盡數取代。

我慢慢轉頭看向沁芷柔。

沁芷柔顯然也看見了那個人，眼中掠過一陣奇異。

「那個人是……飛將。」沁芷柔輕聲道。

「他怎麼了？」風鈴不安地說：「為什麼他……他會是這個模樣？」

我搖搖頭。

E高中的王牌——飛將。

曾登上「這篇小說真厲害」專欄的寫作高手。

身為E高中第一人，飛將本該享有最好的資源、最棒的師資，以最完美的姿態出現在我們面前，接著與我們交戰。

現在……他卻像瘋了一樣，蹲在地上大吼大叫，把嗓子都叫啞了。

最後，我們看見飛將用力扯著自己的紅髮，開始崩潰掉淚。

與他一起被推出來的兩名學生，披頭散髮，樣子與他大同小異。

「不要……我不要再寫作了……」

「那是怪物……怪物！」

「怪物！」

周遭E高中的一千多名學生，剛剛強推飛將的那批人，終於在這時開口說話：「飛將，給我聽好！E高中再輸的話，就要掉到最後一名去了，難道你們不怕餓死？」

「上個月輸了一場又有什麼關係，難道你們沒有在寫作比賽中輸過嗎！」

他們表面上疾言厲色，語意卻含帶鼓勵，想勸飛將站起身來出場。

「我不要！」飛將的反應卻更激烈，他扯下了自己一大把頭髮，狂喊道：「怪物……怪物……好可怕……好可怕……你們沒見識過那個怪物的可怕……不清楚自

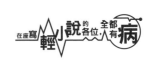

己的渺小……不知道就算到了最後，就算爬到第二名去……我們也永遠不可能贏過那個怪物……

「所有人都一樣，最後只能等死……等死！」

……忽然之間，我似乎聽懂了。

上個月怪物君代表Y高中，從最末位一路殺至榜首，這代表他與其餘五所高中都交過手。

風鈴跟沁芷柔的俏臉也都變得慘白。

看來我們三人，均從E高中內部的交談裡，同時推導出一個訊息。

——飛將等三名E高中主力，在上個月與怪物君交手後，鬥志被怪物君徹底摧毀，從此一蹶不振！

——怪物君實在太過強大，感受過那令人絕望的實力差距後，飛將這些人徹底崩潰，甚至無法再進行寫作！

——或許桓紫音老師是對的，怪物君實在太強……強到讓人無法想像！

飛將淒厲的叫喊聲，在靜謐的夜晚時分遠遠傳了出去，在E高中裡四處迴盪。

他的舉止帶起詭祕的氛圍，讓人有些毛骨悚然。

「……」

「一群卑微的人類！E高中還不快點派出代表，到底在做什麼！」最後，晶星人開口喝罵，這次他真的動怒了。

他的耳朵顏色更深了，現在是深藍色——或許那是晶星人生氣的象徵。

「十個星際刻內再不派人出場，我就判你們敗北！」

十個星際刻究竟有多久，Ｅ高中大概不會有人知道。

不過Ｅ高中的人看出了晶星人的怒火，在急速討論後，另外舉派三名男學生出來比賽。

那新的三名代表被推出來時，態度不情不願。

當這三人邁步走來後，終於湊齊了兩校的比賽代表。雙方站在骰子房間的大門前，我們Ｃ高中三人，與對方Ｅ高中三人彼此對視。

「……」

於是，Ｃ高中與Ｅ高中之戰，正式展開！

第四話 大英雄是個笨蛋有哪裡不對

晶星人沒有跟進骰子房間內。

外表只有普通房間大小的骰子房間，實際進去後，空間竟然大到誇張。

舉目四望，可以發現建築物形狀如東京巨蛋般呈現半圓形，像一個倒蓋的大碗。

這裡大到或許不該稱之為「房間」，目測有五座足球場大小的總和面積，地面是如劍道場般的木質地板。

而兩校共六人都進入骰子房間後，巨大的空間裡就響起了合成的電子男音。

「地球人，你們好。我是人工智慧六十九號——ＣＫ，很高興今天為你們這場比賽擔任裁判。」

這個人工智慧的智力似乎真的很高，連說話都能精確複製人類的口氣。

「人工智慧的智商至少是地球人的一百倍，為了偉大的晶星人女皇，我的選拔絕對是公平公正公開，請你們不要心存僥倖，認為可以騙過我。

「我的智腦中載有超過三億本的輕小說，又加裝有評分與情感系統，世界上沒有比我更公正的裁判。

「我也擁有晶星人的國民身分，請不要犯規試圖激怒我，不然我有權力給予你們懲罰。」

無影無形的人工智慧ＣＫ，如是說。

而它似乎還沒說完，兩校六人都保持沉默，等著ＣＫ繼續講解。

「骰子房間內，時間流逝速度比較緩慢，與外界的比例為一百比一。也就是說……你們在骰子房間內的一百小時，只等於外界的一小時。你們擁有這裡一百小時的時間進行寫作，不過禁止以任何方式干擾對手，違者判敗。

「評分，分為兩個階段！

「第一階段，每人至少交出六萬字的輕小說，由我──人工智慧六十九號ＣＫ進行閱讀評分，我會評斷優劣給出一到七十的分數，這個階段……占你們百分之七十的總成績。

「經我打出第一階段的分數後，雙方各自陣營裡分數最高的一部輕小說，將會進入第二階段，其餘作品淘汰。

「第二階段，則決定剩下百分之三十的分數──這裡將由你們全員使用輕小說虛擬實境機，進入敵校『第一階段最優秀的輕小說』內，並開啟『地獄修羅模式』進行遊戲，最後互相給予對方作品分數。可以給予的評分範圍是一到三十。得到對手給的分數後，與第一階段的分數相加，就是兩校各自的總分。總分高者為勝！

「以上，講解完畢！」

非常新奇的文鬥方式。

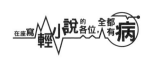

簡單來說，滿分是一百。

我們最多可以從人工智慧CK那邊得到七十分，這裡是第一階段。

而雙方陣營裡，第一階段分數最高者進入第二階段，兩校選手進入輕小說虛擬實境機體驗對手的輕小說，再給出最多三十分的評分。

想到這，我不禁深思。

如果第二階段體驗對手的輕小說後，明明覺得很棒，為了獲勝，卻只給了一分呢？

人工智慧CK宣稱智商比人類高過百倍，它會想不到這一點嗎？

思及此，我又明白了一件事。

……我瞭解飛將為什麼會被怪物君摧毀了。

——因為他體驗過怪物君的輕小說，同時也被怪物君給評分了！

這種情況下，最能察覺雙方的差距。

到底是什麼樣的實力反差，可以讓曾經小有名氣的輕小說高手，經歷戰鬥後……變得像瘋子一樣？

「地球人，不要賊頭賊腦地四處亂看，全體給我注意！第一階段的輕小說方向為——『奇幻輕小說』！不可以跑題，不允許低於六萬字！

「好……現在我人工智慧六十九號CK，正式宣布——比賽開始！」

CK的話聲剛落，每個人面前的木質地板上，立刻憑空出現了一張矮桌跟厚厚一疊空白稿紙。

原子筆跟立可白等文具更是一樣不缺，ＣＫ替選手們準備得相當周到。

接著ＣＫ就不再說話。

兩校的輕小說選手都愣了一下，比賽開始得出人意料，一時間沒有人開始動作。

我先嘗試移動矮桌，發現矮桌可以被搬起。

「沁芷柔、風鈴。」

我呼喚兩名少女，示意她們也拿起矮桌跟文具，跟著我走。

比賽場地十分大，我帶著風鈴跟沁芷柔一直走出幾百公尺。在這個距離，就算大喊大叫，遠處的Ｅ高中三名學生也只能勉強聽見。

見已經走得夠遠，我放下矮桌，盤腿坐下。

「這裡的規則很奇怪。」我首先道，「或者應該說，太過自由了。」

「自由？」沁芷柔疑惑。

「沒錯，我們待在同一個空間相處，共有一百個小時的寫作時間……最後的勝負關鍵，卻只取決於各校『寫最好』的一部輕小說。」

「前輩，這有什麼問題嗎？」風鈴想了想，不解。

見她們兩人都不明白，我繼續解釋。

「也就是說，我們完全可以互相討論，合三人之力……架構出超乎我們個人能力的超強輕小說。甚至可以孤注一擲，三人只寫一部作品，將希望全放在這部唯一、

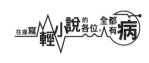

也是最強的輕小說身上！」

風鈴跟沁芷柔都是愣住，顯然之前沒有想到這個可能性。

隨著思緒延伸，想到這個做法的可能性，我的心卻直直沉了下去。

……我想得到，應該也有其他人想得到。

……可以推測飛將是個非常聰明的人，因為善弈者沒有笨蛋。

……也就是說，怪物君很可能是在一打三的情況下，依舊碾壓了E高中、摧毀了飛將等人，勢如破竹直取榜首。

……怪物君，究竟有多麼強大！

「那個……柳天雲。」沁芷柔忽然打斷了我的思考。

「嗯？」

「你、你真的是……柳、柳天雲嗎？」她吞吞吐吐的，一句話說了好幾次才說完。

「妳為什麼這麼問？」

「啊哈哈哈……」沁芷柔一邊乾笑，搔了搔臉，將眼神移開，「本小姐其實……那個……之前一直以為你是個笨蛋，沒想到你竟然想得到這些。」

誰是笨蛋啊！

沁芷柔會這麼誤解，應該是因為我之前幹過很多蠢事。

然而，我其實非常善於策劃事情，推理能力也不弱。只是之前面對女孩子這種陌生生物，我偶爾會被情況弄昏腦袋，不小心出糗罷了。

「前輩，風鈴可以表達意見嗎？」風鈴這時說道。

「嗯。」

「風鈴覺得……三人合寫一部輕小說，固然強大……只是這就像把雞蛋放在同一個籃子裡，如果不小心摔在地上，那雞蛋就全破了。」

很好的比喻。

風鈴是想說，如果我們三人合寫的輕小說失利，又或者我們發揮失常，那便全盤皆輸。

但如果我們三人各寫一部輕小說，即使其中有某人表現比平常差勁，那也還有其他兩人做為候補，就還有希望！

這是個難以割捨的兩難命題。

——是要合力揮出一擊好呢？

——還是分散風險，各自為戰好呢？

三人都緘默下來，一時想不出哪個才是最佳方案。

「好麻煩……煩死了……」沁芷柔焦躁地以指節敲擊桌面，「如果可以動手，人家把E高中那些人全都揍扁，這樣就贏了。」

「那樣就干擾到對方了，會犯規被判輸。」我如此告訴沁芷柔，「就算退一萬步來說好了，用武力揍扁對方獲勝……妳最後打得贏怪物君嗎？」

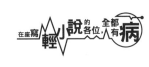

沁芷柔哼了一聲，撇過頭去。

當初怪物君來到C高中，可是在短短幾秒內放倒了幾十個男學生，而且看起來行有餘力。

那武力之恐怖，就算是我這個外行人來看，也遠遠超過了水雲流少女。

「那……前輩認為該怎麼抉擇呢？」風鈴歪了歪頭。

「狐媚女，為什麼妳這麼重視柳天雲的看法？」

「因為風鈴認為前輩很可靠。」

「可、可靠？妳說柳天雲可靠？」

「是的。」

「噗哈……」沁芷柔掩住嘴巴，但偷笑的氣音還是清楚地傳出。

我很可靠的好嗎！

……我柳天雲，堂堂孤獨王國的大公爵（原本是公爵，最近爵位提高了），可化身為崑崙山仙人的強者，竟然被沁芷柔認為不可靠！

我壓下吐槽沁芷柔的念頭，勉力將話題轉回正道。

「其實我認為，這次應該分開寫作。」我說。

「哦——？」沁芷柔雙手手肘靠在矮桌桌面，以手掌托住臉頰，一臉懷疑地望著我。

沁芷柔現在的姿勢，恰好將豐滿的胸部放在矮桌上，尤其她又穿著寬鬆的和服，讓胸部顯得軟沉沉的，格外惹眼。

……獨屬於巨乳的特技嗎。

「請、請學姐不要質疑前輩！柳天雲前輩會這麼說，肯定是有道理的。」風鈴有些膽怯地開口，替我維護形象。

我感動地看著風鈴，最後清了清喉嚨，做出結論。

「這一次，我認為……應該分開寫作。因為這是我們第一次進入骰子房間比賽，我們應該先熟悉在這裡寫作的感覺。

「而且……如果我所料不差，E高中的學生，根本不是我們任何一人的對手。」

沁芷柔跟風鈴聽了我的話，都露出大惑不解的表情。

但慢慢的，風鈴模樣可愛地略微歪頭，像是明白了什麼，朝我眨眨眼。

「前輩，您是說……」她做出假設。

「沒錯。」我點頭。

沁芷柔一愣，看看風鈴，又看看我，眉毛困惑地低垂。

「什、什麼啊，你們在那裡眉目傳情個什麼勁啊？到底在說什麼？」

「好了，那我們開始寫作吧。」我抽起第一張稿紙，將其放在矮桌正中央。

「臭柳天雲，把話給本小姐說清楚！」

風鈴也拿起了原子筆，寫作架勢十足。

「嗚……狐媚女也可以，跟我說一下啦！」

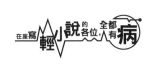

很快我們就按桌開始寫作，唰唰唰的筆聲傳出。

沁芷柔愣住，接著她忽然雙臂環膝，背對我們坐下，似乎在生悶氣。

「柳天雲你這個大混蛋，明明認識順序是先來搭訕本小姐，卻忘恩負義地跟狐媚女串通一氣！果然……果然……就跟本小姐小學時一樣……長得太漂亮註定被人群裡的小圈子給排擠呢……」

「果然……看來這裡不需要校排行第三的我呢……嗚嗚……」

眼看沁芷柔有變成怨靈的前兆，我嘆了口氣。

這傢伙究竟有多怕被人排除在話題之外。像我這種獨行俠，早已習慣被眾人忽略。

「好吧，我跟妳講，靠過來點。」

沁芷柔一聽，在木質地板上手腳並用地爬了過來，滿臉期盼。她或許不是真的想聽，只是不想被冷落而已。

而且沁芷柔轉過來後我才發現，她根本沒有在哭。真是善變的設定系少女。

沁芷柔湊了過來，規規矩矩地正坐在我的面前。

在極度期盼之下，她靠得離我很近，甚至有些過近了。

金髮碧眼的美少女，那足以讓男性瞬間墜入愛河的亮麗容貌，殺傷力依舊顯著。

我將自己往後挪了一些，同時編造好聽的說詞預備著。

「……」

聽著我的解釋……沁芷柔的俏臉，笑開了花。

在骰子空間裡，既不會累，也不會飢渴，甚至不用上廁所。

時間的流逝速度與外界相比，也被極大限度地拉長。

這是個奇妙的地方，人類一切生理需求似乎都被取消——將此地說成是「為了寫作而生的殿堂」也不為過。

很快，在骰子房間裡第五十個小時過去後，我們各自完成了六萬字的輕小說。

人工智慧六十九號，給出的輕小說方向是——奇幻。

《流星爆擊與九翼聖龍》，這是我寫出來的輕小說。

內容是說，從前有個古老的黑魔法村落，這個村落每年都會在名為「魔邪石」的奇物前舉行資質測試，來測出年少村民學習黑魔法的天賦。

黑魔法村落信奉邪神索多，另外有一個神聖部落則信奉九翼聖龍……因為信仰差異，黑魔法村落長期與神聖部落交戰，兩族是不可化解的世仇。

有一名瘦弱的少年，被「魔邪石」判定為毫無學習黑魔法的才能。黑魔法村落不需要廢物，於是少年被村民們打斷手腳，無情地拋進滾滾河水裡，任他自生自滅。

少年在河水裡載浮載沉，就在他生命即將滅絕時，一道溫暖的白光包裹了他，

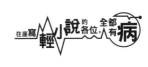

他的身軀飄浮了起來，飛到岸上。

一名表情純真的少女救起了少年，她的膚色白得像雪，有著難以想像的精緻五官，與出塵脫俗的氣質。

那是用「美少女」一詞加以形容，都幾乎不夠力道的美人。

美少女拯救了少年，並用神聖魔法治好了他的傷勢。

在被村落拋棄後，少年捨棄了本來的名字，自號「無名」，與少女在河邊不遠處找了個山洞，展開新的生活。

在那個世界，人類限於體質，幾乎都只能領悟一到兩種元素，而少女卻能使用金、木、水、火、土、神聖共六大系的魔法，讓無名大開眼界。

然而，無名始終不知道少女的本名。

某一天，無名無意中試著模仿少女使用「木之魔法」的動作，竟然驅動了木元素。

欣喜若狂的無名，輪番測試自己能夠驅使的元素，最後震驚地發現，他能夠使用金、木、水、火、土五大系別的魔法，對各式元素的親和力之高，只比少女差了一絲。

事情進展至此，少女終於告訴無名，她早已看出的真相。

「無名，其實……你是五行元素之體。

「你不是廢物，反而是千年難得一見的絕世天才，只是不能使用闇元素，被僅能測試闇元素的魔邪石誤會而已。」

少女輕聲開口：「但我覺得，你還是不學法術的好。」

無名沒有聽從少女的建議，反而不斷哀求少女教他法術，讓他擺脫昔日身為廢物的陰影。

最終，少女答應了。

在她的教導下，無名的五大系別法術，進步速度一日千里。

多重裂金刃、巨木連擊、冰霜之龍、火神降臨、衝石尖……

多種強大的法術，被無名一一掌握。

很快地，五年過去……身為千年難得一見的五行元素之體，無名變得非常厲害，實力直追魔導師境界。

翻手成雲，覆手為雨，一個跺地能夠移江倒海——自覺一生從未如此強大過的無名，卻感到無比寂寞。

他想家了。

這河邊的山洞，畢竟不是他真正的家。

最後，無名向少女暫時告辭，說自己想回去黑魔法村落看一眼。

就看一眼——無名向少女如此保證。

於是無名踏上了歸途。

黑魔法村落外的強大禁制，根本擋不住魔導師境界的無名。

進入黑魔法村落後，無名受到了熱烈的歡迎。

昔日在無名被「魔邪石」判斷為廢物時，一張張冷冽的面孔，此時卻堆滿笑容。

無名被家鄉之情所迷惑，沉浸在豐盛的酒宴中，酒醉之下，終於放下心防，鬆懈了元素掌控，他周身十多道元素防護法術，頓時消失。

這一刻，七名在暗處窺視的高手同時暴起，七道強大的黑魔法擊中了無名。

無名遭到重創，反抗能力瞬間被剝奪……再次如同當年那個弱小的自己，被村民箝制，狠狠恥笑。

村民們感受到無名身上強大的魔力波動，認為這是個很好的貢品，於是他們決定將無名進獻給村裡景仰的邪神——索多。

最後，無名被緊緊捆綁起來，扔到了邪神廟前的廣場。

深夜裡，就在無名將被邪神索多吃掉的這一刻，遠處天際發出了光芒。

「九翼聖龍！九翼聖龍來襲！」無名聽見村裡的人驚慌地大喊。

黑魔法村落與神聖部落交惡足有數千年，但神聖部落的信仰——九翼聖龍，向來都只是被動地防守邪神索多的入侵，今天卻主動襲擊了黑魔法村落，這事是數千年以來頭一遭。

愛好和平、性格溫馴的九翼聖龍本不該主動攻擊。

但牠偏偏來了……帶著無比的憤怒，襲擊黑魔法村落。

邪神索多是猙獰的惡魔樣貌，牠飛上高空與九翼聖龍抗衡，在一番激戰後，邪神索多被打得重傷垂死，眼看就要落敗。

聽著黑魔法村民們絕望的呢喃聲，無名明白，邪神索多落敗的話，黑魔法村落今天大概就會滅亡。

於是，天性善良的無名，在此時有了動作。

明明自身要被殺死前，也沒有衝破禁制的體內五行元素……在這一刻，為了守護自己出生的家鄉，進化了。

從繩索的束縛中脫離，再次起身的無名……進階成了大魔導師。

但他很清楚，九翼聖龍修煉數千年，實力之強大難以想像。

人，是無法正面戰勝神的。

如果想拯救這個村落，以大魔導師的實力如果想要戰勝神，他只有出手偷襲這個方法——就像之前那些村民偷襲自己一樣。

「以根骨為本……以血脈為引……以我身呼喚五行元素！

「火元素……來！水元素……來！木元素……來！土元素……來！金元素……來！」

以木生火，以火鍛金，以金融水，以水養土。

進階成大魔導師境界的無名，已經能夠施展出五行合一的傳說禁咒——流星爆擊！

「五行元素，齊來！」

使盡全身的力氣，無名拚命施展出自己一生中最強的魔法。

「——禁咒・流星爆擊！」

在無名的狂喊聲中，天際的虛無裂開了一道破口。

無數帶著煉獄惡火的巨大隕石，自破口中衝出，像密集的流星雨般，狠狠轟擊在九翼聖龍的身上。

但「禁咒・流星爆擊」的法術範圍實在太大，加上無名無法完美掌控招式，連邪神索多也被捲入法術中。

九翼聖龍發出一聲慘烈的悲鳴，身軀在空中劃出壯烈的軌跡，與邪神索多同時墜地。

最終，邪神索多重傷，必須歸隱萬年才有希望復出。

而九翼聖龍，被「禁咒・流星爆擊」偷襲，已經死了。

九翼聖龍的屍體化為點點白光飄上高空，最終……組成了近似人形的虛影。

那虛影注視著因為對人性失望，而不願再理會黑魔法村落的無名。

最後，那虛影笑了。

帶著數千年累積而成的輕靈感，那虛影笑了。

接著……虛影裊裊而散，再不復存世間。

成為了大魔導師的無名，走出黑魔法村落，帶著一身傷勢與疲憊，再次回到了小河邊山洞裡。

無名很累，很希望看見自己的摯友。

他已經偷偷喜歡她很久，只是一直不敢開口，讓彼此的關係超過朋友的界線。

走到長期與少女共居的山洞裡，無名卻沒有發現少女的身影。

或許……是像自己一樣，出去哪裡看看了。無名猜測。

無名坐在山洞裡，等著。

等著……

等著少女。

一天又一天。

一年又一年……

在第七個一百年過去後，他晉升到聖魔導師的境界。

散開龐大的感應力，無名忽然發現，其實神聖部落離此地並不遠。

在無名回到山洞，歷經一千兩百年的時光長度後，神聖部落遭半獸人偷襲，敵軍裡混有數名強大的半獸人祭司，失去了九翼聖龍的神聖部落，根本無法抵抗半獸人的進犯。

「……」打坐冥想了超過千年的無名，第一次微微睜開雙眼。

他已經很強，非常強。

強到，足以被人類稱為神。

強到……足以正面抗衡全盛期的邪神索多。

隔著數十公里，無名遙遙降下幾道初級法術，在他強大的魔力波動下，輕易地殲滅了半獸人的隊伍。

於是他繼續等。

一天又一天……

一年又一年……

聖魔導師對元素的掌控力極高，壽命很長，長到常人無法想像的地步。

但無名還是漸漸老了。

直到他成為一個滿頭白髮的老者，無名也始終在等。

等著，視線的彼端……

再次出現，那帶著聖潔光輝的身影。

「嗚嗚……」

手上捧著我的稿紙，沁芷柔眼角泛著淚光。

這次她是真的在哭，而且很不爽。

「柳天雲你這壞蛋，為什麼無名再也見不到那名少女了！」

「劇情需要。」我回答。

「什麼叫做劇情需要！」

「劇情需要，就是劇情需要。」

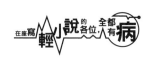

「前輩……那個……請問一下。」

風鈴剛剛也湊在沁芷柔身後一起閱讀，這時她緩緩說出自己的猜測。

「那少女……就是九翼聖龍對嗎？」

「……對。」我的回答有些苦澀。

所謂的寫作者，一旦將全部的心神投注在寫作上，作品裡的內容，會充分影響寫作者的情緒。

一道笑容、一場哭泣，全神貫注撰寫的作品，甚至會牽動寫作者的深層意識——憑依文字，從靈魂深處感到悸動。

文字一道，可醉人。

——也可醉己。

說穿了一點也不深澀、人人能懂的道理，卻讓無數寫作者不斷追尋至高境界，試圖攀上傳說中的創作之極致，讓所有讀者喜歡自己寫出來的東西。

……創作之極致，那究竟是什麼樣的境界呢？

沁芷柔也寫完了，她的作品名是《受難巫女與廢怯的我》。

而風鈴的作品是《貓貓兔兔大碰撞》。

我一一閱讀，這兩部也都是極好的作品。

接下來的時間，在彼此討論與修稿中，時間不斷流逝。

其實一部輕小說要能稱為「百分之百完成」，修稿占了非常重要的地位。

第一次寫完的不過是粗稿，必須不斷地修飾、將其完善——期間或許會經過數次、甚至十數次的修改，最後才能交到讀者面前。

最終……

在整備完畢後，我們迎來了第一階段的終結。

在一百小時整的時間到達後，所有人面前的稿紙都發出了白光。

接著……就像從來沒有存在過那樣，稿紙跟寫作用的矮桌、文具，瞬間消失不見。

「請稍候三個星際刻，我人工智慧六十九號ＣＫ，正在為各位評斷成績……」

人工智慧的聲音再次迴盪在整個骰子房間內。

很快就過去了幾分鐘。

「評斷完成率……百分之三十……百分之六十……百分之八十……百分之百……評斷完成！

「接下來為各位宣布第一階段的成績，請仔細聆聽分數。本階段的滿分是七十分，各校取分數最高者，進入第二階段。」

所有人又等了一下，人工智慧六十九號ＣＫ終於開始念誦個人成績。

「所處陣營，Ｃ高中；身分，人類；比賽通用姓名，沁芷柔；輕小說名《受難巫女與廢怯的我》獲得分數為『四十分』！」

人工智慧六十九號播報得非常詳細，連身分跟所處陣營都會念出。

沁芷柔拿到四十分，以第一階段最多七十分來說，已經拿到過半的分數。

人工智慧六十九號繼續念了下去。

「所處陣營，C高中；身分，人類；比賽通用姓名，風鈴；輕小說名《貓貓兔兔大碰撞》獲得分數為『四十三分』！」

風鈴四十三分！

我感到精神一振。

「所處陣營，C高中；身分，人類；比賽通用姓名，柳天雲；輕小說名《流星爆擊與九翼聖龍》獲得分數為『四十五分』！」

……我取得的分數最高。

這是我在作品評價上，第一次贏過風鈴。

被逼到極限後，往往才能發揮出我柳天雲真正的本領——看來，我正在緩步取回當年的實力。

不過，我有點害怕風鈴像沁芷柔那樣，敗北後情緒變得低落，於是我向風鈴看去。

「前輩好厲害！」

風鈴卻很雀躍，臉上帶著開朗的笑容。

「不愧是您，果然像當年一樣……站在第一的位置上讓風鈴仰望，才是真正的前輩呢！」

被這樣子大力稱讚，就算是我，也有點不好意思。

「在說什麼呀……不就是拿一次第一而已嗎？好會獻殷勤的狐媚女！哼！」

「唔……」被沁芷柔這麼一說，風鈴的笑容略微僵住。

在沁芷柔充滿不悅的表情中，我趕緊敷衍幾句，將場面快速帶過。

接著，人工智慧六十九號，開始宣布E高中的寫作成績。

「所處陣營，E高中；身分，人類；比賽通用姓名，○○○；輕小說名《插座上的螞蟻》獲得分數為『十三分』！」

「所處陣營，E高中；身分，人類；比賽通用姓名，○○○；輕小說名《會走路的碗公》獲得分數為『十三分』！」

「所處陣營，E高中；身分，人類；比賽通用姓名，○○○；輕小說名《真實之界》獲得分數為『十四分』！」

十三分、十三分、十四分？

雖然早有心理準備，不過……E高中的戰力之低落，還是超乎我的想像。

不過，細細想來，這也是很正常的事。

E高中的主力「飛將」等三名輕小說高手，已經被怪物君摧毀了寫作意志，無法上場作戰。

——早知這點的E高中眾人，在臨戰時還是不斷催促飛將等人上場比賽，這代表了什麼，顯而易見。
——他們除了飛將等三人之外，沒有能上檯面的輕小說高手！
就像C高中雖然有二十名菁英班成員，平常進行菁英級授課——不過其實真正的高手都聚集在怪人社裡，就算是校排名第四的菁英班學生……實力也差了排名第三的沁芷柔好幾個檔次。
完完全全，不能夠相較。
能夠在這種以生命做為賭注的輕小說賽事中，被以「王牌」兩字稱之的傢伙，本來就該擁有遠超他人的實力。
而E高中的王牌——飛將，此刻已經不能再對C高中構成威脅，C高中當然能夠輕易取勝！
「請各位地球人稍候……第二階段比賽，即將開始。
「準備期間為五個星際刻，在等待期間，各位地球人有疑問可以提出，若問題在許可範圍內，我會回答。」
在人工智慧六十九號的電子合成音中，沁芷柔跟風鈴明顯都鬆了一口氣。
「前輩，您好厲害！」風鈴屈指算道：「第二階段能獲得的分數只有三十分，他們就算在這裡拿到滿分，最多也只有四十四分喔！
「而前輩第一階段就拿到了四十五分，也就是說，我們C高中其實已經贏了！」

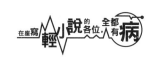

這是很簡單的算術，不過在風鈴說出來後，我原本一直擔憂賽事的心情，才終於真正放鬆下來。

C高中所有人的表情，都變得緩和。

「哼，有本小姐在，獲勝什麼的也是理所當然的吧？」

將雙手扠在腰上，沁芷柔高傲地道。

然而，幾百公尺外的E高中眾人，在這時發出了爭執的聲響。

「都是你們的錯！為什麼你們只寫出了十三分！」

「你自己不也只是十四分嗎！」

「我……對了，應該怪飛將那些廢物！他們明明比我們厲害那麼多，卻不想出戰，逼我們出場！」

「可惡的飛將，還將棋社的社長呢，輸了一場就不敢再比，真是垃圾一個！」

他們在激動之下，每一句都是大吼大叫，所以我們聽得很清楚。

……聽見他們對飛將的指責，我垂下眼皮。

……不是飛將弱小，而是怪物君太強了。作品能成為「這篇小說真厲害」主打星的高手，再怎麼說，也能在這裡拿到三十五分以上。

……如果飛將好端端地站在這裡，代表E高中出戰……C高中真的能贏嗎？

弄清楚關鍵，我深深瞭解——自己必須趕快恢復當年的實力，不然情況只會越來越嚴峻。

想到這裡，我忽然記起一件事：剛剛人工智慧六十九號ＣＫ曾說，可以回答許可範圍內的問題——

「人工智慧六十九號！我有問題！」

我揚起音量，朝著天空喊出聲。

「第一階段，滿分為七十分的測驗，六校中最高分的人……究竟拿到了幾分？」

在疑問拋出後，像是在審查這個問題能不能回答那樣，人工智慧六十九號ＣＫ沉默了許久。

最後，發聲了——

一反之前語速均等的電子音，人工智慧六十九號這次開口時，語氣竟帶著點迷惑，似乎陷入了遲疑的長考中。

「Ｙ高中唯一的代表……為第一階段分數紀錄保持人……他在第一階段，取得的最高分數為……三百九十分……」

三百九十分？我倒抽一口涼氣。

「不是說第一階段最多只能拿到七十分嗎！三百九十分是怎麼回事！」我再次朝天空大喊。

「那名人類……寫出的作品……超越了……資料庫裡……載有的三億本輕小說……所能推斷的……極限……」

人工智慧六十九號的話聲，斷斷續續。

「在進行資料破壞……重組……運算之後……強行得出的分數……就是……三百九十分……」

怪物君……

比三億本輕小說更加厲害，足以毀壞人工智慧六十九號的資料，超越「想像之極限」的作品……嗎？

很好。

很好……

很好！

發現前方有這麼強大的敵人存在，身為寫作者的潛意識本該感到畏懼，我卻忍不住想笑。

想仰天大笑，想得不得了。

極端的六校之爭，所產生出來的極端對手……如果晶星人沒有降臨，或許我柳天雲……這輩子也無法遇上。

你正從第一名的位置——那高高在上的地方，俯視著所有人嗎？怪物君！

可，我柳天雲不會向你認輸！在取回當年的實力後，我將一步步踏到你跟前……與你一戰！

哪怕輸，也要輸得心服口服。

即使敗，也要敗得轟轟烈烈！

第五話

為誠實的世界獻上祝福

第二階段的輕小說比賽，終於開始了。

這個階段必須體驗敵校最高分數的輕小說，並給予敵校分數。

雖然可以預料到C高中穩操勝券，不過比賽還是必須繼續進行。

「請注意，十秒鐘後，將傳送您的意識進入《真實之界》輕小說中。」

有別於人工智慧六十九號，一道虛擬女聲在我耳邊響起。

「由於該輕小說有大量遊戲相關的設定，現在請設定您的遊戲ＩＤ。」

遊戲ＩＤ嗎？

取名本來就是我十分拿手的事，我想也不想，果斷得出結論。

「孤狼嘯月！」

「您的遊戲ＩＤ……孤狼嘯月已設定！意識傳送中……請稍候。

「請注意，由於地獄修羅難度已開啟，在本次遊戲中，您不能使用自己的現實姓名，否則即為遊戲失敗。」

眼前一片模糊，過後，我發現自己出現在一片廣闊的草原上。

草原上微風陣陣，範圍大到望不見邊際，青草與土壤混合出獨特的自然芬芳，

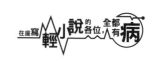

呼吸起來十分舒暢。

我的頭上，此刻正飄浮著「孤狼嘯月」四個黃色字體。

在遊戲中使用本名就會失敗，看來我得熟悉一下自己的遊戲ＩＤ。

「……所以我現在要幹麼？」

不管往東西南北哪方看去，都是一片綠油油的草地。

這輕小說究竟是怎麼搞的？《真實之界》好像被人工智慧六十九號評斷為十四分吧，難道糟糕到連開頭都亂寫嗎？

我研究了一下，發現自己穿著古代歐洲裡很常見的村民布衣。但我身上缺乏像樣的東西，沒有行囊，沒有厚實的裝備，更沒有強力的武器。

在我的手背上，刻著一些細微的文字，我仔細看，才看出上面寫著什麼。

人物名：孤狼嘯月。

等級：LV1。

職業：獨行俠。

特殊能力：我笑他人看不穿。

初始等級只有一等，這很正常。

看到職業是獨行俠，我開心到跳起來。

但是……接著看到特殊能力，我就高興不起來了。

「我笑他人看不穿」，這究竟是什麼鬼能力？而且要怎麼發動？

我正在沉思特殊能力的用法……就在這時，異變突生！

我的身邊忽然連續閃起兩道白光。

接著，沁芷柔跟風鈴出現了。

「……」

沁芷柔穿著多段組合式的戰服，戰服只遮擋住幾處致命部位，將腰際、肩膀、乳溝、大腿等地方都裸露出來，手上還戴著款式古樸的拳套，一看就是敏捷、重視搶攻型的職業。

而風鈴穿著一看防禦力就很低的全身法袍，頭上歪歪斜斜地戴著巫師帽，持著長到能拄在地上的貓咪魔杖，看起來是法術系職業。

……然後我看清了她們頭上飄浮的遊戲ＩＤ。

沁芷柔的ＩＤ叫做「校園美少女沁芷柔大人萬歲」。

這傢伙究竟是有多自戀啊，而且ＩＤ好長！

而風鈴的ＩＤ叫做「請您再說一次好嗎」。

這又是什麼樣的取名概念啊！

後來我才知道，原來風鈴沒聽清楚系統要求取名的聲音，提出「請您再說一次好嗎」的請求，於是就變成這個ＩＤ了。

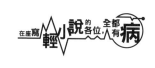

至於沁芷柔那傢伙，只是純粹覺得這樣取名很華麗……而已。

於是我們在《真實之界》的冒險開始了。

孤狼嘯月：「先確認一下，妳們的等級是？」

「你在問誰？」美少女沁芷柔大人萬歲如是說。

孤狼嘯月：「在問妳啊！」

「哈？提問之前，叫出別人的遊戲ＩＤ是基本禮貌吧？你孤獨殘念到連遊戲都沒玩過嗎？」

很顯然她就是想逼我念出「美少女沁芷柔大人萬歲」這個ＩＤ，進而滿足自身的虛榮心。

但我柳天雲……不，應該說我孤狼嘯月，又怎麼會上當！

「美歲，快報出妳的職業跟等級吧。這草原上可能會出現怪物，我們要快點決定隊伍編排。」

「美歲是誰？啊……你這傢伙把本小姐的名字用頭尾簡稱了！簡直混蛋！」

眼看這傢伙聽不進別人的話，我無奈之下，只好轉向另一名少女商量。

「請您再說一次好嗎，妳的職業跟等級是？」

「你這傢伙把本小姐的名字用頭尾簡稱了！簡直混蛋！」美少女沁芷柔大人萬歲，以更高的怒氣值重複道。

「沒人讓妳重複這個！我在叫那邊的法師！」

「再囉唆小心本小姐ＰＫ掉你！」

風鈴道：「那、那個！前輩跟學姐，請你們不要再吵架了。我的職業是法師，等級有三十級，技能有火焰流星、冰風暴、從者召喚跟大地之怒。」

「唔……妳有三十等？」沁芷柔道：「怪了，本小姐怎麼只有二十八等……難道武鬥家是特別強大的隱藏職業？我的技能有幻空拳跟斷空拳，還有一個看起來是輔助技能的調氣。」

……沁芷柔在遊戲中二十八等。

……風鈴更高，有三十等。

而我卻只有一等。

這是怎麼回事？

這難道是一個專門排擠孤獨者的惡劣世界嗎！

Ｅ高中寫出這部輕小說的人給我出來！我孤狼嘯月會讓你嘗嘗獨行俠的怒火！

「幻空拳！」一邊喊出招式名，沁芷柔在地上打出一個巨大的拳印，塵土暴飛沖天，一擊的威力就大到誇張。

「火焰流星。」風鈴也輕聲念誦咒語，幾顆帶著火焰的石頭從半空中降下，砸出大小不等的燃燒坑洞。

見狀，我忽然瞭解了什麼。

……看來這遊戲還是以技能為主吧？等級什麼的一點也不重要！

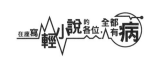

很好，看我的！

「我笑他人看不穿！」我大吼道。

在我話聲落下的剎那，天地之間，風雲變色！

彷彿連高不可攀的天空都被我這招給震驚，厚實無比的大地被這招的氣勢所壓制——自虛無中，龍吟、鳳鳴、獅吼、虎嘯之聲轟轟而出，那是百獸齊鳴的異兆！

受到我的強大意念影響，不單這個世界上所有的原力、元素、真氣等能量被我吸引，連銀河系乃至整個宇宙的游離分子也穿過大氣層向我直衝而來，一口氣匯集到我的身上！

「我、笑、他、人、看、不、穿！」

在這瞬間，我就是世界的主宰！

我的一擊，可以輕易摧毀一顆星球！

如果我想……顛覆龐大的星系，也是輕而易舉！

「哈哈哈哈哈哈……我孤狼嘯月，天下無敵！」

「學、學姐，前輩從剛剛開始……就一直呆站在那裡伸出手傻笑，他怎麼了嗎？」

「……我也不知道，可是他的表情看起來很可怕，總之先離他遠一點。」

「可是前輩或許需要幫助……？」

「我覺得能幫助到他的人，這世上不存在。」

當我回過神時，我看見自己依舊維持著伸出手施放大招的姿勢。

——然而，我的大招連一根青草都無法吹動。

我的雙眼瞪大。

「這……絕對不可能！我孤狼嘯月的大招……不可能如此弱小！」

我盯著盡是青草的地面，滿是無法置信。

那是在信心滿滿地放出大招後，在幻想與現實出現巨大反差的情況下，所誕生的無法置信。

「對了……對了！只有這樣才解釋得通！」

在極端的困惑之下，我開始猜測真相。

「自世界的盡頭一路走來，背負著弱小的原罪……以最弱戰勝最強，藉此洗刷這個世界的罪惡！我孤狼嘯月，肯定是這個設定！」

我轉過頭，想詢問兩位夥伴的想法。

畢竟這不是真實世界，我的看法也可能有所偏差。

「妳們兩個覺得如……」

她們兩人已經走遠了，背影在草原上縮成一個小點。

給我聽人說完話！

我急忙往前方無情的武鬥家與法師追去。

就在我邁出幾公尺後，系統合成女音再次在我耳邊響起。

「您即將脫離劇情保護期，《真實之界》輕小說正式展開，祝您遊戲愉快。」

……原來現在才正式開始嗎？

然而，也是從這一刻開始……我們才真正理解，《真實之界》的可怕之處。

幻櫻出現了。

在我追上兩位夥伴後，我發現幻櫻也跟她們走在一起，還穿著一身盜賊裝扮，手裡倒握一把鋒利的小刀。

幻櫻？

名義上的師父，難道神通廣大到能擅自出現在這裡？

「啊，前輩。」風鈴指著幻櫻，柔聲開口向我解釋，「這是我的技能『從者召喚』，我可以召喚出一名使魔，並設定他的相貌……您看，這樣子的話，怪人社的成員就全部到齊了。」

「只是……我的『從者召喚』等級不夠高，使魔還不會說話。」

「……妳完全不必介意這個，不會說話最好。」

光是看到幻櫻，就讓我心裡掠過一抹陰影，感覺自己隨時會挨揍跟中計。

所以，使魔不會說話當然最好。

由怪人社四名成員所組成的隊伍，現在有了盜賊、法師、獨行俠、武鬥家四種強大的職業，在這個初始地圖上，應該足以自保。

「所以說……孤、孤狼嘯月……」

沁芷柔以極為生硬的語氣，念出了我的遊戲ＩＤ。

「你到底是什麼職業？等級又是多少？」

「哈哈哈哈哈哈……職業嗎？哈哈哈哈哈……」

笑夠之後，我沉聲開口。

「我的職業……當然是傳說中的隱藏職業！」

我一句話剛說完，話聲還未消散……就在這時，《真實之界》的世界裡，出現了異相。

自遙遠的天空，傳來了與我一模一樣的聲音。

那聲音雖然與我相同，語氣卻截然不同，帶著點軟弱與溫吞。

「其實我的職業只是獨行俠……而且只有一等……

「剛剛想放技能卻沒有任何效果，我很怕被瞧不起，想掙回一點面子，所以裝腔作勢避免尷尬……」

「……」

天空上，與我同樣的聲音停了。

我緊握雙拳，感到臉上發燙。

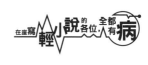

沒有人比我更清楚，那些話的源頭來自哪裡。

那些話……來自幾乎連我都不願意承認的，我的內心深處。

在這一刻，《真實之界》的可怕之處，終於顯露而出。

為了印證自己的臆測，我又做了幾次實驗。

「我今天早上吃了荷包蛋。」

「其實我吃的是白吐司跟果醬，好想吃肉……」

「我有一百八十公分高。」

「其實我只有一百七十幾公分……明明想長到一百八十公分的……」

每當我撒謊，天空中就會緊接著響起我的真實心聲。

——果然如此嗎？

——這個世界，無法說出謊言！

——只要撒謊，真實心聲就會被這個世界的某種規則轉化，從天空傳來，讓所有人聽見！

「噗哈哈哈哈哈哈哈哈哈，笑死我了！原來你這傢伙是這樣想的！」

很快明白過來的沁芷柔，指著我的鼻子毫無形象地大笑。

「一等？原來你只有一等？而且還怕我們笑！」

沁芷柔一撥秀髮，得意地說：「那你就跟緊我吧，高貴的本小姐可是強大的武鬥家，會勉為其難地保護你的！」

她話剛說完，天空卻傳來了沁芷柔的聲音。

她的聲音傳來後也變調了，話語裡含帶著……我從來沒有聽過的溫柔。

「我有二十八等，應該要保護等級比我低的人。可是我說不出口……那種愛心氾濫的說法太讓人害羞了，我要避免這種情況發生。」

風鈴望著沁芷柔。

我也望著沁芷柔。

沁芷柔慢慢低下了頭，臉紅得像要滴出血來，豔麗的血色一路蔓延到近脖子處。

「囉唆！這個世界囉唆死了！本小姐才沒有那樣想！」沁芷柔像鬧彆扭似的用力跺腳，俏臉漲得通紅。

「我確實是那樣想的，只是我被揭穿了，很丟臉……要趕快否認才行。」

沁芷柔再次被這個世界給狠狠出賣。

在沁芷柔「哇啊啊啊啊啊」一陣想蓋過天空聲音的叫喊後，她的身體變得搖搖晃晃，看起來心靈上的創傷相當嚴重。

「……」沁芷柔的視線，在這時轉到風鈴身上。

像是忽然想到了什麼，她的眼神閃爍。

「嗨。」接著沁芷柔朝風鈴微笑。

「學、學姐？」風鈴被沁芷柔的笑容嚇到。

「我有話想跟妳談談——」

「Fuck!!不能只有本小姐受到這種屈辱，臭狐媚女，給我洗乾淨脖子等著吧，本小姐要讓妳在最愛的『前輩』面前原形畢露！」

「那個……那個……」

風鈴顯然把天空的聲音聽得很清楚，表情非常僵硬。

「嘻嘻，妳不用在意唷，天上那聲音肯定是系統的Bug什麼的——」沁芷柔臉上笑得更開。

「嘎哈哈哈哈哈，給我現出妳平常藏起來的真面目吧，整天搖晃著巨大的胸部魅惑男人，該死的狐媚女！」

「咦……？」風鈴的回答拖得很長，更加遲疑了。

……每一句話都跟表面上不同啊，沁芷柔這傢伙。

被沁芷柔的心聲嚇到的風鈴，躲到了我背後，手輕輕抓著我的衣角，藉此迴避沁芷柔的視線。

「前輩……」風鈴欲言又止。

「前輩的背脊好厚實，給人安心的感覺。啊……這樣子不知道會不會給前輩帶來困擾……

「果然前輩就是前輩呢，只要待在這裡，風鈴就什麼也不怕了，就算是惡鬼也不怕。」

……好長的心聲。

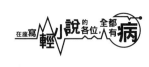

「狐——媚——女！妳說誰是惡鬼！」

被對方以奇特詞彙形容的沁芷柔，額際青筋蜿蜒浮起，看起來真的有點像惡鬼。還好怒火沒有實際溫度，不然這片草原肯定會被燃燒殆盡。

看見夥伴的舉動，我感到頭疼。

「我說啊……妳們也有點緊張意識好嗎？雖然C高中幾乎穩贏，但……現在可還在進行比賽。總而言之，還是先來討論攻略這《真實之界》的方針吧？」

好說歹說之下，我們三人終於在草地圍成一個「品」字型坐下，開始進行討論。

我立刻提出了自己的想法：「這裡每個人的職業都不同，很顯然，是要我們利用各職業的特性來互補，掩護隊友的弱點。」

「哼，本小姐怎麼會有弱點？硬要說有的話，我唯一的弱點，也肯定是——」

沁芷柔一撥自己的金髮，以自信滿滿的語氣如此開口。

「——長得太過可愛了！」

「——是豆子嗎？」

……第二句，是從天上同步傳來的風鈴心聲。

在古老的傳說裡，豆子可以讓惡鬼感到害怕，只要抓一把豆子撒去，惡鬼就會哇哇大叫著逃跑。流傳至今，這傳說已經轉化為特殊節日「撒豆節」，有些人會刻意扮成惡鬼，讓幼童用豆子撒自己，以達到寓教於樂的功效。

風鈴的純潔程度近乎幼童，在這《真實之界》裡，頓時成了她致命的缺點。

在她的心聲裡，沁芷柔的弱點是豆子……這代表了什麼，不言而喻。

「豆子……？妳說本小姐的弱點是豆子……？」

沁芷柔慢慢轉過頭，正面與風鈴對視，她這次卻不生氣，反而笑了。

笑得甜美……笑得燦爛。

明明在笑……卻讓人心裡發寒，覺得恐怖至極。

被「從者召喚」呼喚出來的幻櫻使魔，像是察覺到危險那樣，立刻擋在風鈴的面前。

「對、對不起！」風鈴嚇了一大跳。

她本來也只是聽著沁芷柔說話，不小心「唔」了一聲，立刻就被這世界的規則出賣了。

就在這時，遠處忽然傳來一陣凌亂、急促的腳步聲。

草原的東方，有一大隊奇形怪狀的綠色怪物正朝我們這裡衝來。

那些怪物的體型很小，只有人類一半高，可以直立奔跑。瘦瘦小小的身軀與四肢是深綠色的，身上穿戴簡陋的鎧甲，大部分拿著棍棒，少部分手中有刀。

好眼熟。

「哥布林？」看著超級眼熟的怪物，我愕然。

至少五十隻以上的哥布林，以哥布林語尖聲大喊，奔跑速度越來越快，離我們已經不到兩百公尺。

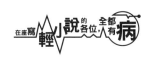

這麼多敵人……我們能贏嗎？

在我心裡猶豫的剎那，沁芷柔站了起來，臉上依舊掛著危險的甜笑。

接著……

她轉向那些哥布林，幾個縱躍衝到了哥布林的隊伍前端！

「斷空拳！」

「幻空拳！」

「斷空拳！斷空拳！斷空拳！斷空拳！」

「幻空拳！幻空拳！幻空拳！幻空拳！」

「嘎哈哈哈哈哈哈哈哈哈……啊——心情舒暢多了——」

草原上多了無數大洞。可憐的哥布林們被一頓迎面痛揍，像是系統給予的血量歸零那樣，變成點點綠光消散了。

正甩著手走回來的沁芷柔，臉上明顯輕鬆許多。

再次認知到「這女人不能徹底激怒」的我，徹底啞口無言。而我從剛剛就感到手背在發熱，那是印著人物能力資訊的位置。

「……升級了。」

孤狼嘯月：LV5。

看來身為同個隊伍的成員，沁芷柔擊敗怪物我也可以拿到經驗值。

哥布林雖然消散了，不過地面上仍殘存一些掉落物。

我們從其中找到一張地圖，上面標示出通往魔王城的位置。

「好老套的設計哦。」沁芷柔對於《真實之界》顯然頗有微詞。

「難怪只拿了十四分，哥布林應該是為了引導我們去魔王城的劇情開場怪物吧？真無趣。」

「學姐說得沒錯。」

風鈴在一旁露出討好的笑容，單純的她，似乎想彌補剛剛「豆子」的過錯。

「哼！」沁芷柔轉過頭去，不理會風鈴。

沁芷柔本來就覺得風鈴是個裝腔作勢的狐媚女，這下子……兩人之間的誤會越來越深了。

之後，我們順著引導一路通往魔王城。

先是遭遇水蜘蛛、火瓢蟲、拾木鼠、窩捲蟲之類的初級怪物。

隨著靠近魔王城，懸線木偶、烈焰之狼、岩石怪等高級怪物也漸漸出現。

在沁芷柔做為近戰主力，風鈴以法術輔佐的情況下，我們從未遭遇苦戰，一路打一路升級，很快我就提升到了二十等。

奇怪的是……對於明明只拿著地圖帶路，也平分了三分之一經驗的我，風鈴跟沁芷柔卻沒有人提出抱怨。

我沉默許久，終於壓不下心中的想法。

孤獨王國大公爵的高貴血脈，此刻在我體內沸騰、翻滾了！

「妳們兩人……可知道我孤狼嘯月，在這個團隊中的獨特性！」

「哈？」

「拳可迎敵，腳可避戰……妳們兩人的作用性、重要性猶如拳腳，而我孤狼嘯月，卻擔任著頭腦的位置！妳們要知道……手腳可斷，頭腦不可拋！」

「乖乖當小白臉吸經驗吧你這傢伙，本小姐會忍著噁心照顧你的！」

「終於等到他依靠我了，人家要好好表現！」

「……」

「這該死的世界，本小姐要把你打穿一個洞！」

發出悲憤欲絕的大喊聲，沁芷柔往空中打出一百記強烈的幻空拳。

一路走，一路打。

一路打，一路升級。

孤狼嘯月：LV90。

校園美少女沁芷柔大人萬歲：LV99。

請您再說一次好嗎：LV100。

沁芷柔跟風鈴身上的技能，在這麼高的等級下，都多達了數十種。

而我堂堂獨行俠……明明也有九十等了，卻還是只有「我笑他人看不穿」這個意義不明的鬼招。

在說服自己是因為崑崙山仙人的本體太過強大，不允許出現在遊戲中——所以被系統擅自修正強度後，我勉強接受了這個事實。

之後，我們的等級增長到幾乎極限……又努力擊敗寒霜翼龍、雙頭龍、獅鳩騎士、半獸人統帥等四大天王後，我們終於走到最終魔王面前。

「你們竟然能來到這裡……真是出乎本王意料！」

明明送了一堆肥料怪物來讓勇者成長，卻還是自稱「出乎意料」……這種經典臺詞，我大概聽過一千八百次。

魔王是一隻巨大的黑色魔龍，外表跟古早遊戲裡的「泡泡龍」有點類似，渾身瀰漫著紫色火焰，頭上長出一對觸角。

以跟可愛外表不符合的口吻，黑色魔龍繼續開口說話。

「桀桀桀……但是很可惜，本王與之前那些廢物不同，我比他們都更厲害！」

比手下強是當然的，不然你這魔王早就換人當了吧？

「桀桀桀，我們魔龍一族……是由精神體幻化而出的存在，我雖然沒有攻擊力，但也無法被任何攻擊所消滅！

「本王的精神體構成，就是源於『誠實』這兩個字！以一輩子無法說謊的契約，換取強大無比的力量！這個真實之界，就是在本王的魔力影響下，才變成無法說出謊言、不能欺瞞他人的世界！」

原來是由「誠實」構成的精神體，難怪這魔王這麼坦白，把一切都說出來了。

「那我們要怎麼擊敗你呢？」知道對方不能說謊後，我立刻提問。

「很簡單，也很困難。」黑色魔龍道：「只要說出足夠誠實的話，讓本王感受到實話中的強大情緒波動，你們就可以干擾到我的誠實意念體本源……進而打敗本王；但相反的，只要你們說謊，本王的誠實意念體會吞食你們的謊言，我就會變得越來越強大。

「桀桀桀……以你們人類來說，想要打敗本王，是不可能的事。因為人類是由謊言構成的動物，親如家人、摯友、恩人都可欺騙，何況面對本王這種異族！」

想到這裡，我又問道：「你剛剛說自己沒有任何攻擊力，那你這個魔王……又要怎麼擊敗我們呢？」

黑色魔龍從鼻孔中噴出紫色火花，非常得意：「本王的壽命無窮無盡，我可以活得比你們還久，最多等個兩百年，你們就自動化為一堆骨頭了，是不？」

……好個迎敵妙計，用不死不滅的種族優勢拖到敵人死光嗎？

但我們等不起，勢必要擊敗這傢伙，從輕小說虛擬實境機裡出去。

嗯……以魔王剛剛所說，只要道出足夠誠實的話，讓實話中的情緒波動……干擾到魔王的誠實本源，就可以獲勝了。

確實如黑色魔龍所說……很簡單，也很困難。

究竟要怎麼做呢……

「哼，只不過是說實話而已嘛！讓本小姐先來！」

沁芷柔首先按捺不住。

她將身上戰鬥過後的灰塵拍去，整理了一下長長的金髮，將其束成馬尾狀。

不得不承認，綁起馬尾的沁芷柔，也非常可愛。

她的自信充盈無比，站到了黑色魔龍面前。

黑色魔龍歪著巨大的龍頭，注視沁芷柔。

「本小姐是C高中最可愛的美少女，身材棒，個性又好！」

沁芷柔將雙手抱在胸前，一邊說，一邊點頭贊同自己。

「平常課業成績非常優秀，不單如此，在網路上還是擁有超高人氣的輕小說家！」

「而且本小姐非常有愛心，雖然我認為E罩杯以下就是貧乳，但看到貧乳的女孩也不會恥笑她們，而是會大發慈悲讓她們成為我的親衛隊成員，追隨我以獲得成長！」

「收到男生的告白信，偶爾我會留一些起來，把他們的告白信拿來墊桌腳，讓他們知道自己還是有用的；遭受少數女性的嫉妒目光，我也會呵呵直笑，同時努力做得更好，讓她們瞭解自己跟完美的本小姐有多大的差距，最後像鬥敗的公雞一樣掉光羽毛。」

高空中沒有響起奇怪的心聲，代表這些全都是沁芷柔的實話沒錯……

但——如果這些都是實話，眼前金髮碧眼的美少女，簡直糟糕、殘念到了極點！那是連我這個獨行俠，都幾乎無法直視的怪人行徑……含帶絕對破萬的怪人戰鬥力！

「妳還真是惡劣啊……人類少女。」黑色魔龍的龍眼也瞪大了。

「什麼惡劣！這些都是本小姐的實話耶！聽完後快給我消失！」

「……本王才不會因為這些雞毛蒜皮的小事而消失。這點東西，根本無法影響我的誠實本源。」

黑色魔龍說完後，打了個哈欠，意興闌珊地搖了搖頭。

「真無趣，換下一個過來吧！」

接著輪到我上前。黑色魔龍打量著我，我也打量著牠。

「人類，瞧你一副落魄樣，有什麼話可以影響到我的誠實本源？」牠語氣輕藐，顯然看不起我的布衣打扮。

雖然被說落魄，但我沒有生氣的時間，只在腦中急速思考對策。

其實我也不知道……到底怎麼樣才能擊敗眼前的終極魔王。

我的眉頭皺得死緊，大概可以夾死一隻蚊子。

……無計可施。

就在想要胡亂說一些話來充數時，我的身上卻亮起了紅光！

準確地來說，是手背上亮起了紅光！

人物數值與招式被銘刻在手背上，我唯一擁有的「我笑他人看不穿」的技能名，在這一刻發出了絢爛奪目的光芒！

看見在光芒下散發出無比氣勢的「我笑他人看不穿」技能，我先是一愣。

接著……終於頓悟。

「哈哈哈哈哈哈哈哈……哈哈哈哈哈哈哈哈哈哈哈……」

我將五指戟張蓋在臉上，仰天狂笑。

笑聲越來越大，直到所有人再也無法忽視我的笑聲為止。

「魔王啊魔王，哪怕你活了再多年，也想不到這一步吧？」我在狂笑聲中開口。

「所謂的獨行俠，是最強的，所向無敵！沒有任何對手可以阻擋獨行俠的腳步——哪怕你是魔王，也不行！」

以笑聲構築起凌厲的氣勢，再以氣勢……襯托出我柳天雲的無上風采。

「接招吧!!」

我氣沉丹田，將我獨行俠唯一、也是最強的技能，用力喊了出來。

「我、笑、他、人、看、不、穿！」

在喊出完整招式名後，霎時，我的眼前出現了一幕幕過往場景。

……從那場景中，出現小學時期的我。

……再來場景一轉，國中時期的我現身。

……接著輪到高中時期的我出現。

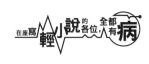

歲月久遠的部分場景，眨眼間從我眼前流過。

像電影快轉那樣，場景將時間段定格在晶星人降臨、幻櫻出現的那一天。

我看見自己的手被拉到幻櫻的胸部上，接著這位魔鬼般的師父用盡所有辦法脅迫我，強行收我為弟子，還賜予「弟子一號」這個一點也不好聽的稱號。

我看見手裡拿著吐司、排開親衛隊成員往沁芷柔衝去的我。場景再次跳轉，我與沁芷柔在餐廳對決、假山對決，最後沁芷柔換上和服要以「水雲流少女」模式斬殺我時，我勉強避開禍端……但這金髮少女也從此纏了上來。

之後眼前霍地閃過那一次次……我柳天雲明明身為尊爵不凡的獨行俠，卻被C高中眾人鄙視追殺的情形。

攻略風鈴之後，被全校當成過街老鼠圍剿的情況也出現在眼前。

好慘。

好慘啊！眼前這個人！

不管是誰來看這些場景，恐怕都會浮起這樣的念頭。

更何況，是由會被場景勾起回憶的……我柳天雲本人來觀看這些畫面。

本來出於獨行俠的自我保護機制，我早已將這些慘痛過往藏於記憶鐵盒中，如今……「我笑他人看不穿」這招卻將慘事徹底翻出，由小到大、鉅細靡遺地再狠狠提醒我一遍。

原來如此。

原來如此啊……

「我笑他人看不穿」這招其實沒有任何特殊效果。

要說有效果的話，就是「勾起過去的慘痛回憶，提醒自己這樣都活下來了，眼前的難關不算什麼」這種用意。

這招的唯一意義，就是激起人的求生本能！狗急也會跳牆，何況是人。

「哈哈哈哈哈哈哈……」

於是，我再次大笑。

「我孤狼嘯月，過去在醜惡的三次元中都無數次撐過來了，區區虛擬遊戲根本不算什麼！所以……給我聽好了，魔王黑色魔龍！出現在我面前的這一刻起，你就已經敗了！」

乘著心中的氣勢，我在魔王城裡來回踱步。

以被慘痛記憶活化無數倍的思考能力，我不斷思索。

不斷思索。

不斷思索——

於是。

「哈哈哈哈哈哈哈哈……哈哈哈哈哈哈哈哈哈哈哈哈……事情到了這個地步……是我贏了！」我一拂想像中的袖子，在瞬間化身為崑崙山仙人模式。

沁芷柔跟風鈴都傻傻地望著我，像是完全看不懂自己的夥伴究竟怎麼了。

化身為崑崙山仙人後，我彷彿能夠看見，自己是大袖飄飄的仙人，站在山上的最高峰，腳下雲霧盤繞，達到「萬物繁枯皆不介於懷」之境。

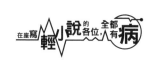

黑色魔龍大概是第一次看到崑崙山仙人化身，震驚程度比沁芷柔跟風鈴更誇張，龍口大大張開，始終合不起來。

只要道出「帶有足夠情緒波動的誠實話語」，就能夠擊敗黑色魔龍。

接著，我背向黑色魔龍，一步一步邁步而出。

「古有大儒曹植，七步成詩……」我長吟道：「今有我獨行俠孤狼嘯月，七步誠實……古今相映，豈不美哉！」

我斜眼睨視魔王。

黑色魔龍向沁芷柔跟風鈴看去，伸出爪子向我比了比，嘴巴裡吐出問號形狀的火焰氣泡。

沁芷柔跟風鈴用力搖頭。

我重重咳嗽一聲，接著邁出第一步，將心中早已想好的……能夠擊敗黑色魔龍的誠實話語，傾瀉而出！

「小人本坐在教室的窗邊，自身孤獨又有閒，生活樂無邊！

「誰知那幻櫻她蠻橫不留情，利用晶星人目無天！

「壞我孤獨占我閒，我天雲跟她來翻臉，慘被她一拳來打扁！

「我掙扎罵她欺善民，反被她強逼進師門，凌虐了一百遍啊一百遍！

「她還將我獨行俠，硬塞攻略本，流落到人際圈！

「我為求重獨行，只有獨自忍耐在校前！

「誰知那○芷柔，也實在太陰險，知道此情形，竟親自來動手，把我天雲狂毆在山前！

「小人身健壯，殘命得留存，可憐獨行氣魄得歸天！

「此恨更難填，想達晨曦前，唯有賣身為奴自作踐！

「一面勤修煉，一面避風險，發誓把孤獨顯，逃離師門意志堅！

「從此稿紙文具伴身邊！唯我尊爵不凡義薄雲天！」

說完臺詞後，我開始替自己配打鼓的音效，「咚咚咚」直響。

那「咚咚咚」的音效彷彿直響到風鈴、沁芷柔、黑色魔龍的靈魂深處，他們沒有一人能夠回過神來，紛紛震驚於我的強大意念。

沉默良久後，黑色魔龍終於開口：「我能感受到，你說的都是實話。蘊含在實話中，這種孤獨被破壞的深沉痛苦，本王從未見識過……是本王敗了。所以，本王……承認你了。你們全部可以從這裡離開。」

黑色魔龍說到這，身影漸漸變得虛幻。

如果是由我、風鈴或沁芷柔來寫《真實之界》的話，魔王敗北後肯定會變化型態反擊，不過……依E高中學生的寫作水準，劇情大概就到此為止。

如果還有巧妙的後續發展，作品肯定不止十四分。

說穿了，這部作品整體進程也很奇怪，先是在草原上出生，接著要一路打怪到魔王面前，而到了魔王面前後……之前辛苦練的等級、技能卻完全派不上用場，這些都是浪費伏筆的行徑。

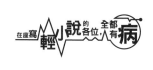

以「誠實」為賣點進行對決確實有趣，但輕小說整體上欠缺聯繫感，頭尾做不到互相呼應的效果。

所以，人工智慧六十九號CK會給出十四分的成績，確實合理。

「本王有個……要求……」黑色魔龍越來越虛弱。

「本王待在魔王城……已經……三萬八千年沒有接觸人類了……我還沒有……與那位紫色頭髮的少女……說過話……在本王消散之前……請讓我……跟她說說話……」

「誠實的魔龍啊……你是有什麼詭計嗎？」我謹慎地問道。

「本王……沒有詭計……我只是……想跟她說說話……」

就設定上來說，黑色魔龍以誠實為根本，是不能說謊的。

而且看得出來黑色魔龍的本性並不壞，所以在這個《真實之界》的終極 Boss 消散前，要不要與牠交談，就看風鈴自己。

「……」風鈴猶豫了一下，慢慢走上前。

她有些害怕黑色魔龍，十指緊緊交纏，甚至不敢看向對方。

近看的話，黑色魔龍全身都在騰騰冒出紫色的烈焰，確實挺恐怖的。

「本王……想聽聽妳的實話……我能感覺得出來……妳是這些人裡面……最誠實的……如果剛剛那個少年戰敗……是妳的話……會說出什麼誠實的話……來嘗試打敗本王？可以告訴……本王嗎？」

黑色魔龍的本源漸漸潰散，已經無法站立，巨大的身軀倒在地上，唯獨一顆碩大的龍頭還望著風鈴。

牠紫色的龍目中帶著強烈的渴望。

那渴望……近乎哀求。

風鈴輕輕咬著嘴唇，像是在考慮該不該把話出口。

「本王與妳……都是紫色系……的生物……妳有一頭漂亮的紫色頭髮……看在這點上……也無所謂……可以告訴……本王嗎？」

最後風鈴顯然心軟了。在黑色魔龍的腿部開始消散前，她終於開口發話。

「那、那個……我從小……就很膽小……有嚴重的人群恐懼症……因為不敢出門跟其他孩子一起玩，所以總是待在家裡，進行靜態活動。

「某天在看了喜歡的童話書後……我也想要嘗試寫作，卻又覺得……這麼懦弱的我……是不可能把作品寫好的……」

風鈴說到這偷瞄了我一眼，發覺我在看她，閃電般縮回視線。

「有一天，電視上……正在播放全國小學生作文大賽的頒獎。」

「……這時我發現，冠軍小學生的文章，寫得非常好……好到讓人陶醉……好到，吸引我開始寫作，嘗試想寫出相同的東西。

「而那個小學生，就是前輩。

「開始接觸寫作後，許多大人都誇我寫得很好，是寫作天才，有成為作家的才能……於是在觀察許久後，我終於鼓起勇氣……不斷讓作品參加賽事，與前輩一起進行競爭……

「那之後，過了好多年……因為憧憬前輩的身影，所以就算很害怕、很害怕，我今天依舊不能退縮……必須站在這裡，代表C高中……出戰。」

「！」聽到這，我耳中嗡鳴不斷。

在我的意識裡，有如千萬座大山同時崩塌、足以引起大陸板塊龜裂的巨響，在我耳邊轟然炸開！

……風鈴曾在小時候的賽事中，與我一起進行比賽？

之前就聽風鈴說過，她是因為憧憬我才開始寫作。

但她可沒有提起……在小學生時，也有頻繁參與比賽！

「……」

「晨曦……」我如此低聲自語。

好似原先被碎成千百片、現今所有的碎片都被拼湊而起……進而能導出真相的藏寶圖那樣——

在這一瞬間，所有的線索，似乎都與我的猜測吻合。

——與晨曦一模一樣的筆風。

——從小學生時期就開始跟我競爭的寫作天才。

——與我想像中相符的溫柔個性。

我的呼吸無法抑止地變得粗重。

難道說。

難道說——風鈴就是晨曦！

我……找出晨曦了嗎？

我……跳脫了幻櫻的算計嗎？

正在思考時，黑色魔龍又繼續說話了。

「原來……如此……美麗的人類少女哦……妳懷帶的強烈情感……本王感受到了……即使沒有剛剛那孤獨少年……妳的誠實波動……也足夠擊敗本王……」

牠喘了口氣，「謝謝妳……人類少女。妳跟本王很像……因為溫柔所以誠實……可是太過溫柔、太過誠實的人……註定像本王一樣……受自己所限……困居心中一隅……再也無法自由翱翔……

「記住本王的話……不然遲早有一天，妳會被……自己的溫柔……給壓垮……被自身的誠實……所刺傷……」

黑色魔龍像是在笑那樣，龍口微微咧開。

形體已經崩潰到極限的牠，以柔和的目光看著風鈴。

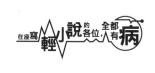

在牠道出最後一句話後，終於消散在眾人面前。

「再會了……人類少女哦。」

黑色魔龍的遺言，在巨大的魔王城裡迴盪，久久不散。

像是感應到主人已逝，敲起喪鐘那樣，魔王城裡的所有時鐘同時響了十三聲。

而我眼前跳出了白底藍字的系統訊息。

「恭喜您，成功經歷了《真實之界》輕小說！主線完成度99％，支線劇情完成度100％，綜合評價：戰無不勝的勇者！

「系統正在將您的意識安全退出輕小說虛擬實境機……請耐心等待。

「感謝您的使用，以後若要購買虛擬實境機，也請認定威利博士牌。」

……還順便打廣告啊，這傢伙。

風鈴……究竟是不是晨曦！

我勉強壓下心中的疑惑，因為必須先處理眼前的重要大事。

回到骰子房間後，我們與E高中交換彼此輕小說的評價。

E高中的學生們面色慘淡，給了我們三十分的滿級評價；而我們照實給了E高中的學生十分。

於是，人工智慧六十九號CK宣布最後成績——

「C高中《流星爆擊與九翼聖龍》——整體綜合分數為七十五分！」

「E高中《真實之界》——整體綜合分數為二十四分！」

在人工智慧六十九號的裁判下，我們C高中的綜合分數毫無意外地超過了E高中，戰勝了對方。

——贏了。

我們贏了！

C高中……這樣就不會有人餓死，能全體生存下來！

對於風鈴身分的疑惑，在這一刻甚至被生存的喜悅給稍稍沖淡。

風鈴鬆了一口氣，露出喜悅的微笑。

「好棒！太棒了！」沁芷柔更是興奮難耐，揮舞雙臂又叫又跳，最後以手臂錮住我跟風鈴的頸項，將三人的臉頰湊近。

「學、學姐！風鈴不能呼吸了……」

「啊……抱歉。」

此刻連沁芷柔都忘記對「狐媚女」的誤解，展現出正常人的禮節，可見喜悅浪潮有多麼強烈。

上個月敗給C高中、掉到最後一名後，巨大的壓力一直逼迫著我們這些怪人社的成員。

——只能勝，不能敗！

——如果敗的話，就是你們間接害死C高中那些餓死的人！

許多普通學生，在看待我們這些輕小說高手時，常常露出這種眼神。

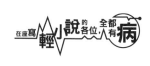

這樣子的責任，對高中生來說太過沉重。

此刻能短暫拋下責任包袱，心頭壓力驟然一鬆，也難怪沁芷柔會開心到又叫又跳。

我從沁芷柔的懷抱中掙脫，將手負在背後，淡淡問沁芷柔：「如何？」

「什麼如何？」

「獨行俠是最強的，這下子妳不能否認了吧。」

剛剛能擊敗黑色魔龍，全靠我的技能「我笑他人看不穿」逆轉場面，也證明了不管是現實還是遊戲，獨行俠都相當厲害。

「什、什麼啊！對手就這點實力，本小姐一個人就能橫掃他們了！」

「可是妳沒有贏過黑色魔龍。」我尖銳地指出事實。

「吵死了！那種笨龍怎麼會懂得本小姐充滿藝術性的發言！啊啊……果然笨蛋就會跟笨蛋湊在一起，難怪你可以……」

「學姐！」風鈴以罕見的堅定語調，打斷了沁芷柔的話，「您不可以這樣說，黑色魔龍才不是笨蛋！」

沁芷柔一愣，接著思考片刻。

最後她露出倔強的表情，偏過頭去。

「哼，那就柳天雲一個人是笨蛋吧！」

究竟誰才是笨蛋啊！

……等等，我突然發覺一件事。

沁芷柔剛剛竟然沒有繼續反駁風鈴，這有點奇怪。

我仔細想了想，忽然恍然大悟——在《真實之界》裡無法撒謊，沁芷柔聽見風鈴的實話後，或許已經有些明白風鈴究竟是個什麼樣的人。

不過，沁芷柔是傲嬌十足的大小姐個性。所謂傲嬌的本質，就是明知自己錯了，也會將錯誤貫徹到底，甚至說服自己「這樣才是正確的」。

所以哪怕是將錯就錯，沁芷柔日後向風鈴道歉、坦承錯誤的可能性也很低。

「……你那是什麼噁心的眼神啊。」沁芷柔似乎察覺到我在盯著她看，不滿地說。

在這時，骰子的空間裡，發生一陣劇烈的搖動。

——那並非地震般的搖動，而是整個空氣、空間，都開始產生波紋狀的搖動感。

在我們的茫然不解中……房間的尾端處，漸漸出現一道閃爍刺眼藍光的大門。

「人類，通過那道門，你們就可以離開了。」人工智慧六十九號如此說，「日後，祝你們所有人……文運昌隆！」

骰子房間通往外界的大門，在人工智慧六十九號的話聲中，徹底穩定下來、開啟。

我們C高中三人，先是互相對視、點了點頭，然後一起緩步往大門走去。

走去……走去……

走向，更加璀璨的明天。

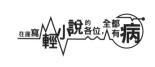

戰勝E高中之後，我們按照可以繼續往上挑戰的規則，往D高中進攻。

D高中在去年經歷過強震，校舍倒塌了不少，校園整體由較為簡陋的灰色水泥所建造，跟E高中的氣派比起來，差了十萬八千里。

而在D高中裡，這兩千多名學生，重演了E高中的舊事。

「我不要再寫了……」

「別逼我上場！」

「怪物……那是怪物！」

「會以對決將敵人信心撕裂的怪物！」

D高中的三名寫作最強者，崩潰跪地，樣子瘋瘋癲癲，哀求自己學校別再派他們出戰。

沁芷柔認出其中兩個人，跟飛將一樣，是曾登上「這篇小說真厲害」主打星的高手，甚至名氣比飛將還要大，有地區雙星的美名。

……但他們依舊敗給了怪物君。

……依舊，被摧毀了寫作上的信心，心魔深植，再也無法動筆。

被迫派出新代表的D高中眾人，模樣十分為難。一看見他們的樣子，我、風鈴、沁芷柔就已經明白，或許又將進行一場以強凌弱的戰事。

果不其然。

這次負責比賽運行的人工智慧是七十號，行事模式跟六十九號差不多。

進入骰子房間後，我們一路碾壓對手，對手第一階段寫出最高分的輕小說《鬥板上的水壺公主》，也不過拿下二十分。

而我們C高中三人，都拿到四十分以上。

對手在看到我們第一階段的成績後，立刻喪失了鬥志，第二階段也被我們輕易取勝。

就此，我們C高中……

從最後一名，一口氣讓排行上升到了第四名！

猶記得，桓紫音在初見面時曾以沉重的語氣告訴我們：「E高中可能有六個跟沁芷柔差不多的高手，而D高中有七個左右。」當時她的警告，讓我們驚駭不已。

可是在決戰過後看來，除了已經被怪物君摧毀、曾登上「這篇小說真厲害」主打星的少數強者，其餘都不足為懼，比桓紫音描述的還要少很多。

這時的我，想不通為什麼會有如此巨大的反差。

很久很久之後，我才瞭解到，原來桓紫音真的是難得的名師，在一個月內，讓我們的寫作實力大幅提升，那是幾乎能以一日千里來形容的驚人進步。

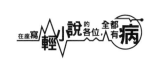

「人類，你們還要繼續往上挑戰B高中嗎？如果贏了B高中，你們就是第三名。」

比賽過後，晶星人如此告知我們。

他說得沒錯，如果再贏過B高中，名次超越我們的，就只剩下A高中……跟怪物君身處的Y高中。

「但是，我好心提醒你們一件事——從第四名挑戰第三名開始，比賽模式就會產生改變。前半段的學校，跟後半段的學校……決定勝負的方式，是完全不同的。

「硬要找出共通之處，就是——『絕對的強者會獲勝』這一點！」

晶星人的各式比賽機器都會壓縮時間，我們接連打敗了兩所高中，而今晚漫長的比賽之夜，其實只過去了一小半。

但再往上挑戰，比賽模式就會產生改變。

而且，我隱隱有種預感……

在上面的學校，會有某些高手……與怪物君一戰後，信心沒有崩潰散敗，而是拾起敗績重新出發，成為站在寫作界頂端的極度強者！

那些曾經的敗者……鯉躍龍門更化龍，將騰飛於九天之上，展現出無法預估的恐怖實力！

「前輩……離最終一戰來臨還有很久……我們要再往上挑戰嗎？」風鈴大概也想到了這些，開口與大家一起討論，「現在已經是第四名，資源很豐富，C高中其實已經贏夠了……而且……風鈴……有點累了……」

無關體力，大量寫作會帶來心靈上的疲倦，那是再先進的儀器也無法治癒的疲倦。

見沁芷柔雖然嘴巴上逞強，眼中也隱露疲態，我明白……C高中恐怕已經無法再戰下去。

摸了摸風鈴的頭，我露出微笑。

「回去吧，我們回C高中。以凱旋而歸……回應大家的期待！」

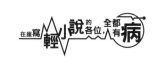

如同乾旱的大地接受甘霖滋潤，在八月分的起初，六校之戰裡排行第四名的C高中，得到了大量的民生物資。

除了豐富的食物外，還包含了幾種模樣稀奇古怪的高科技道具。有別於輕小說虛擬實境機，只看外表，根本不知道那些道具有什麼用途。

果然如事先猜測的那樣，排名越高的學校，也能獲得越多用來修煉的高科技道具。

高科技道具跟說明書都被桓紫音收了起來，大概是想做為菁英班教學用途。許多在過去一個月裡餓得面黃肌瘦的學生，在經過高營養的食物調養之後，氣色很快變得紅潤。

不過，由於一般學生不清楚與敵校交手的過程，幾乎所有人都認為，戰勝E、D高中是風鈴與沁芷柔的功勞，而我柳天雲只不過是去當跑腿的。

……這也難怪。

一個是網路上的人氣小說家，C高中兩大偶像女神之一，擁有自身的親衛隊，美少女指數滿點，身材前凸後翹的沁芷柔。

一個是傳聞中柔媚入骨，C高中兩大偶像女神之一，將告白者玩弄於指掌之間，美少女指數滿點，長相花容月貌的風鈴。

最後一個，是染指眾女神（表面上），累積的罪孽如果判刑，得下油鍋被炸五千萬次的柳天雲。

群眾在主觀上，會希望是由誰奪下功勞、感謝的話語想向誰迎去，這是非常容易判斷的事。

所以，即使我代表C高中出戰，並且與風鈴、沁芷柔合力拿了佳績回來，我在眾人眼裡的地位，依舊非常低。

甚至傳出了「柳天雲那傢伙能居於校排行第二名的位置，其實是靠風鈴大人跟沁芷柔大人幫忙說話」這樣的謠言。

發現看不順眼的傢伙，就用盡全力去排除。

如果排除不了，便千方百計加以抹黑——以群眾的力量排擠異己，這就是人。人性。

哪怕成了菁英班成員，又入了怪人社，在校園中，我依舊是形隻影單。

一個人吃飯，一個人默默走去上課，一個人踏上前往社團的階梯。

……但我柳天雲，可不會因為這點小事感到難過。

不如說，讓我能獨自游離於人群外，我反而會覺得高興。

所謂的獨行俠，如同大海中的礁石，不會因為小小的風浪而被拍碎。

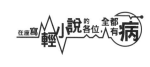

而且——真正的強者，也不需要虛偽的掌聲，來替自己增加排場。

六校排行之戰後，又過去了幾天。

新的C高中校內輕小說排行榜，前三名還是風鈴、柳天雲、沁芷柔這樣排列。

而幻櫻……竟然還是第十九名。

這天，我再次前往怪人社參加社團活動，卻是最晚到的一個，

「零點一！汝竟然來得這麼慢！」桓紫音非常不悅地一拍桌子。

「可是我沒有遲到，在規定時間內來了。」我解釋。

「……闇之寶典在上，展開您的教義教訓眼前的愚民吧！這小子身為吾的麾下血民，竟然還敢頂嘴！吾身為偉大的玫瑰皇女……汝……」

於是我這個愚民找了個位子坐下，等待桓紫音的中二病發作完畢。

現在怪人社裡，在桓紫音的堅持下，僅有的四名成員個人座位，以幻櫻、風鈴、柳天雲、沁芷柔的順序排成了「二」字形。

足足十分鐘過去，在我們四人默默聽完桓紫音的中二病宣言後，終於切入正題，開始社團活動。

「今天，咱們要用晶星人給予的新道具——變身計量器來玩耍……來上課！」

剛剛妳說了玩耍吧？確實說了吧？

急急忙忙改變說詞的桓紫音，注視著臺下四名面無表情的學生，臉有些紅了。

「吾、吾剛剛沒有說玩耍喔！你們這些小鬼給吾聽好，是上課、上課！知道嗎!?」

「嗯。」我配合點頭。

「嗯。」幻櫻點頭。

「嗯。」沁芷柔也點頭。

桓紫音老師鬆了一口氣，嘴角又掛起微笑，正要重新取回教師的威嚴時，風鈴開口了。

「欸？」風鈴發出語調上揚的語助詞，十分疑惑，「可是……可是……老師剛剛明明有提到玩耍這兩字？」

「該死的首席黑暗騎士啊啊啊啊啊啊啊！」

平常深居簡出的風鈴，雖然溫柔體貼，但是個性太過老實，一不小心就用言語狠狠戳到桓紫音的痛處。

有時候無心之言，反而最傷人。我深刻地體悟到這個道理。

「欸欸欸？」看見桓紫音的反應，風鈴一驚，以雪白的小手掩住嘴巴。

由於講臺上的老師陷入震怒狀態，我們又花了十分鐘聆聽闇之教義，社團活動才終於正式開始。

課程開始後，桓紫音彎下腰去，在腳邊的袋子裡掏掏摸摸，似乎想拿出什麼來。

「找到了——變身計量器！」

像拔起石中劍的勇者那樣，桓紫音將某樣東西從袋子裡用力抽起，並且大聲念出物品的名字。

她的手中造型類似溫度計的細長物品，正散發出忽強忽弱的奇特藍光。

這支溫度計上面，有著零下一百度到一百度的刻度，而顯示目前溫度的紅色指針球，停在正中間，也就是「零度」的位置。

「吾先解釋一下，今天社團活動的主題為『揣摩心境』！

「所謂的寫作呢，在到達一定程度後，必須多方進行揣摩，研究角色心境，才能寫出真正厲害的輕小說！為了達到更好的揣摩效果，有些寫作者甚至會親身扮演筆下的人物，模仿筆下人物的一舉一動，甚至個性，達到感悟心境的效果！」

說到這，桓紫音看了沁芷柔一眼。

「——而這個變身計量器，可以顯示出模仿角色的完美程度。紅色指針球停在一百就是完美無缺；停在負一百代表宇宙無敵爛，就是這麼簡單。」

簡單來說，桓紫音要我們揣摩角色心境。

而揣摩角色心境，親自去扮演該角色，是非常棒的方法。

承上，這支溫度計可以替我們扮演的角色打分數，告訴我們演得究竟像不像。

非常容易理解原理的課程。

但……理論跟實際畢竟是不同的，做起來會容易嗎？

「咯咯咯咯咯……咯咯咯咯咯咯咯咯咯……」

「？」

在桓紫音老師講解「揣摩心境」的用處時，我的右側忽然傳出極為壓抑的笑聲。

那笑聲，就像被鎮壓了千年、萬年的深谷幽魂，察覺封印大陣終於鬆動的那一刻……情不自禁發出的詭異笑聲。

笑得讓人不安。

笑得讓人……起雞皮疙瘩！

「本小姐的時代終於來啦——!!」

「咿——!?」風鈴嚇了一跳。

幻櫻緩緩轉頭向聲音來源看去。

而我，甚至不用轉頭……就知道發出笑聲的是誰。

因為現在這種「一」字型的座位排列方式……坐我右邊的，只有一個人。

設定系少女……沁芷柔！

沁芷柔忽然陷入了異常亢奮的狀態，像是要將宣洩熱氣做為情緒的出口，她張口伸出粉嫩的舌頭，輕輕吐著熱氣。

就連中二病爆表的桓紫音，都遭沁芷柔震住，課程被對方中斷。

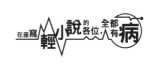

「狐媚女唷、柳天雲唷……你們自從排名贏過本小姐後，總是擺出一副高高在上的嘴臉……而現在……現在……現在！」

她的三句現在，語氣一句比一句強烈。

「現在就是本小姐的時代！在徹底輸給本小姐後，本小姐允許你們跪下來舔我的鞋子，嘎哈哈哈哈哈……嘎哈哈哈哈哈……」

幻櫻、風鈴、桓紫音……還有我，全都愣住了。

這是何等氣勢！

在這社團裡，除了風鈴之外，都是戰鬥力破萬的怪人——

怪人戰鬥力破萬是什麼概念？這可是放在外面，立刻可以成為一方梟雄的霸主級怪人！

而沁芷柔，就像超級賽亞人二變成超級賽亞人三那樣……竟然能從原本就極高的基礎上，於怪人的境界上更進一步！

那是何等艱難……說出去會震驚八百億地球人的舉止！（八百億，包含不同世界線的人類。）

「以後，汝就是怪人社的副社長。」桓紫音緩緩開口。

社長是誰，她沒有說。

剛被冊封為怪人社副社長的沁芷柔，按桌而起，走到了講臺前，從桓紫音手上接過了「變身計量器」。

她優雅地一撥金髮。

「那就由高貴、身材一級棒、身為超級美少女的本小姐……來替你們這些弱者示範一下！」

……但說出來的話，一點也不優雅。

「柳天雲，你上來當本小姐的助手！」

平常的話，我肯定會回絕對方的要求，但現在可是在進行社團活動，為了讓輕小說實力增長而進行修煉，於情於理來說，我都不能拒絕。

「……」

我無奈之下走到講臺上，與沁芷柔一起站著。

剛剛桓紫音已經初步教導過變身計量器的用法，於是沁芷柔立刻開始使用。

她不懷好意地斜睨向風鈴。

「我要模仿的目標，是這隻色情的狐媚女！」

在她說出模仿目標後，溫度計量器立刻發出一陣強光，然後頂端出現Q版的風鈴頭像。

目前紅色指標球還停留在「零」的位置上，接下來會怎麼浮動變化，就看沁芷柔模仿得像不像了。

桓紫音、風鈴、幻櫻都全神貫注地看著沁芷柔。

畢竟沁芷柔身為設定系少女，可說是模仿界的宗師，所以做為這次的教材來

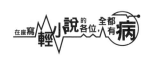

說，非常有參考價值。

不過，為什麼要找我當助手，這點我就不明白了……

在我渾渾噩噩地站著時，沁芷柔終於有了動作。

「！」所有人都引頸盼望，更加專注地觀察她的一舉一動。

然後，在眾目睽睽之下，沁芷柔開始解開制服上衣的鈕扣。

一顆……兩顆……三顆……隨著三顆鈕扣解開，單薄的制服上衣頓時變成了深V字型的模樣，露出沁芷柔淡藍色的花邊胸罩。

在失去制服的限制後，沁芷柔富有彈性、帶有十足分量感的胸部，頓時從制服上衣裡露出。

據她本人之前所言，胸圍有G罩杯，而此刻目測起來……完全沒有誇大浮報。

「嗯……前輩……」

沁芷柔貼到我身前。

她雙眼迷濛，模仿著風鈴的細柔嗓音，雙手從兩旁將胸部集中托高，擠出白晃晃的乳溝。

「前輩，您想不想要品嘗風鈴？今晚不做嗎？」

「人家才不會那樣講話！」看到這裡，風鈴的臉像紅透的柿子那樣，忍不住大叫，「也……也不會隨便脫衣服！」

完全無視風鈴的抗議，沁芷柔繼續她的模仿計畫。

緊托著胸部兩側，沁芷柔將胸部充滿工口意味地上下晃動，繼續以柔膩的語氣發話。

我比沁芷柔要高，她又距離得很近，從我的角度，清楚地看見了巨乳的每一絲晃動。

「請前輩將您胯下的計量器放進風鈴的這裡，在享受風鈴的侍奉後，咕啾咕啾地噴出腥臭的熱牛奶——」

「嗚啊……嗚……人家才……才不會做那種事……」真正的風鈴簡直不敢直視沁芷柔，臉紅到像是要燒起來那樣。

看見風鈴的情況，沁芷柔又蹲了下來，嘴巴半張成O字形狀，舌頭半吐而出。

「來吧，前輩——」

「……」這傢伙真的沒救了。

就在風鈴大大的眼睛像漩渦那樣產生混亂、即將爆發時，教室裡傳出了一道清冷的嗓音。

「呼姆，拍到了好東西呢。」

是幻櫻。

幻櫻手上拿著手機，並將攝影鏡頭對準了此時的沁芷柔。

她悠悠哉哉地站起身，接著走上了講臺，在手機螢幕上一陣滑動操作後，放出了一支影片。

影片上，一名金髮碧眼的美少女，正敞開制服上衣的前襟，做出充滿工口意味的動作。

而且這支影片是帶聲音的，其中也拍到了我。

「請前輩將您胯下的計量器放進風鈴的這裡，在享受風鈴的侍奉後，咕啾咕啾地噴出腥臭的熱牛奶——」

沁芷柔望著手機上的影片，眨了眨眼。

一秒過去。

兩秒過去。

三秒過去。

接著，沁芷柔慢慢抬起視線，看向我。

彷彿為了惡整狐媚女、可以不顧一切的瘋狂意識，終於理解到「柳天雲是個男性」那樣，沁芷柔的嘴角開始抽搐。

接著，她的臉變得跟風鈴一樣紅。

「啊……啊啊啊……」

沁芷柔低頭看了看自己依舊呈V字型敞開的制服上衣，急速將衣服牢牢實實地穿好。

最後，她露出混著害羞、怒意、絕望、後悔的崩潰表情——那是我從來沒有見過的複雜神色。

在發出近乎絕望的低喃聲後，沁芷柔的情緒猛然高漲，以雙手遮擋住幻櫻的手機螢幕，氣急敗壞地道：「柳天雲——!!你不准看！」

……我一愣。

「我已經看過現場版的了。」我實話實說。

「那就把你的記憶從腦中刪掉！」

「妳以為我是手機啊！記憶說刪就刪！」

「吵死了吵死了吵死了吵死了吵死了吵死了吵死了吵死了！如果不刪掉的話，本小姐就揍扁你，強行讓你忘掉！」

「妳就算揍扁我，我也忘不掉啊！」

大概是瞭解到我說的話全都是事實，沁芷柔抱著頭發出悲愴的大喊。

那是彷彿從靈魂深處傳出，經由喉嚨、聲帶，最後才響起的巨大悲鳴。

「啊啊啊啊啊啊啊啊啊啊本小姐完蛋啦!!」

在一陣兵荒馬亂過後，怪人社裡終於安靜了下來。

遭到嚴重心靈創傷的沁芷柔與風鈴都趴在桌子上，呈現靈魂出竅的狀態，只能藉著時間慢慢回復血量。

從結果來看，沁芷柔這明顯是傷敵八百，自損一千的愚蠢自爆攻擊。

少了兩位學員，桓紫音也無法繼續教課，只好任由其他人自習。

順帶一提，變身計量器在沁芷柔表演完畢後，指標球停在了「負一百」的位置上。

望著一邊啃蘋果、一邊以單手翻閱輕小說的幻櫻——我忽然頓悟了一件事。

只有幻櫻是徹底的贏家。

——就算是在怪人社裡，這位名義上的師父，果然還是最可怕的對象啊。

之後，又過了幾天。

在某個晴朗的午後，C高中全體師生聚集在教學大樓的廣場前。學生們依班級結成一個個方形列隊，而菁英班成員們又自成一區。

廣場最前方，已經架好巨大的鐵製高臺，準備等領導者桓紫音登臺向大家說話。

八月初期蟬鳴陣陣，溼黏的炎熱空氣，使看出去的遠處景色變得模糊。在這種氣溫下久站，很快就讓人感到頭昏腦脹。

高溫甚至剝奪了學生私底下閒聊的興致，整個廣場上只聞蟬兒「唧唧唧唧唧……」的歡鳴聲。

終於，桓紫音在眾人的注視下，頂著大太陽走上高臺。

「今天，吾有重要的事要向大家宣布。吾之眷屬唷！汝等可知曉……本皇女今天要發表之事！」

以誇張的演講手勢一揮手臂，桓紫音道出結論。

「沒錯！如汝等所見——吾身為真祖血脈的吸血鬼皇女，已經可以於萬惡的太陽底下行走！見識這等奇蹟，汝等還不快鼓掌！」

廣場上響起零零落落的掌聲。

掌聲，非常敷衍。

像是不太滿意掌聲的強度，桓紫音哼了一聲，兩道黛眉互相靠攏。

「罷了！一群臭小鬼的鼓掌，本皇女才不希罕。今天本皇女……有另一件事情要宣布！」

說到這，她從口袋掏出了一本薄薄的簿子，簿子呈鐵灰色，封面上寫著「C高中校史」五個大字。

「吾昨夜看了C高中的校史，發覺這所高中，基於流傳多年的傳統文化，每年都會舉辦學園祭。因為吾對此很感興趣……所以，吾決定來舉辦學園祭！」

舉辦學園祭？

在這種……晶星人降臨、面臨六校大戰的敏感時期？

「當然，以吾的才能，可不會舉辦普通的學園祭——而是『輕小說學園祭』！

「利用這次晶星人給予的物資，吾等將舉辦一場盛大、有趣、迅速增強學生輕小說實力的……史無前例的學園祭！」

短短一天後。

桓紫音身為C高中的唯一領袖，在她的強勢主導下，這提案硬生生被通過了。

而在這時候，還沒有人能夠料想到……

桓紫音，究竟提出了多麼瘋狂的主意。

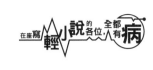

第七話 萬事包辦晶星人的祭典機器

一般的學園祭，通常由學生會在接受學生的小組申請後，進行攤位組建，安排各自用於活動的地段、時段。

而學園祭包含的活動，可謂包羅萬象，才藝表演如音樂會、舞臺劇、舞蹈等；食物方面，炒麵、章魚燒、大阪燒、咖啡店等都是學園祭裡常見的美食。甚至如鬼屋、飛鏢射氣球、一拳撼樹搖銅板等特殊活動，在學園祭裡也會被允許。

但……這一次，C高中利用了晶星人給予的道具，創造出獨一無二的學園祭。與一般需要由學生自行準備大量工具，甚至幫忙店家背景設計的普通學園祭不同。在高科技道具的幫助下，咻一聲過後，整座C高中瞬間就完成了會場布置。

學生們每天依舊照常上課，努力學習輕小說——但在桓紫音宣布展開「輕小說學園祭」後的第三天，整所C高中停課了一天。

一千四百多人的人力資源，被一口氣投入桓紫音充滿中二病氣息的學園祭中！

「連宇宙猴也能辦好祭典機」——這是新的高科技道具的名稱。

「連宇宙猴也能辦好祭典機」外表看起來像白色醫藥箱，但上面增添了許多按鈕。桓紫音在上面不斷操作後，眾多建築物與樹木忽然消失不見。

接著，變成平坦空地的C高中土地上，憑空冒出了無數道高聳的灰色牆壁，牆壁彼此連接成通道，錯綜複雜地將整個C高中圍起。

C高中，成了一座被灰色系色調所包圍、壯觀無比的巨大校園迷宮。

而一千四百多名學生，被「連宇宙猴也能辦好祭典機」隨機傳到各處，全部四散開來。

……我也被傳送到一條巷子裡。

身處灰色牆壁的遮掩下，抬頭只能看見藍天，完全搞不清楚自己到底在C高中的哪一處。

「每個普通學生初始有一萬點『寫作生命值』，而菁英班學生比較少，只有一千點『寫作生命值』！」

桓紫音的聲音被祭典機無限擴大，在整座灰色迷宮裡響起。

「這個迷宮裡，凡是進入視線中的傢伙，全都是可以挑戰的敵人！」

「於迷宮裡遭遇敵人，可以朝對手大喊：『發起決鬥！』來進行挑戰！挑戰一旦成立，就會進入戰鬥場景！

「進入戰鬥場景後，雙方再彼此協定，要賭上多少寫作生命值進行決鬥，最低賭注為一千點——如果雙方無法在賭注上達成共識，即默認為賭上最低限度的一千點

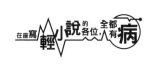

生命值。決鬥結束後，雙方將會被隨機傳送到新的地點。

「寫作生命值歸零者、武力攻擊他人者，或是超過半小時沒進行戰鬥者，將會被淘汰、傳送到敗者區。」

桓紫音接著切入正題，開始介紹戰鬥方式。

「而決鬥方式為——卡片組詞！

「在進入戰鬥場景、協定寫作生命值賭注多寡後……敵我雙方手上會出現寫作決鬥盤，決鬥盤上有五張寫著簡單詞彙的卡片……將五張卡片上的詞彙，在十秒鐘內拼湊組合出『輕小說式對白』，由系統比較句子優劣後……評分高的，即為勝利者！

「對了，迷宮中藏有許多寶物，有些可以補充寫作生命值，有些可以讓你找到心目中的敵人，有些可以暫時避戰……功效眾多，請努力去尋找吧！本皇女……預祝汝等所有人遊戲順利。

「那麼——輕小說學園祭開始！」

現在是早上八點。

夏季的白天相當漫長，如果以太陽下山做為假定的遊戲結束時間，那還有足足十一個小時的遊戲時間。

……好一個輕小說學園祭！

在遊戲的同時，可以達到鍛鍊寫作的效果，又能讓學生從緊張的心境中暫時解脫，可謂一舉多得的想法。

而且，其實遊戲規則相當簡易。

——迷宮內遇到敵人，就可以挑戰。

——每個普通學生有一萬生命值，而菁英班學生則被增高難度，僅有一千生命值。

——生命值歸零、以武力攻擊別人，還有超過半小時沒戰鬥者，判定失敗。

——決鬥方式是拿到五張卡片後，將上面的五個詞彙組出「輕小說式對白」，較佳者勝利。

——迷宮裡藏有各式遊戲中的寶物，拿取之後可以占到優勢。

不過，這學園祭實際玩起來真的有趣嗎？

由灰色牆壁構造起來的複雜迷宮，不管怎麼觀察，都是一片相同的灰白。

……似乎很難辨認路徑啊。

我將手插進口袋，慢吞吞地在迷宮裡行走。

因為不知道自己在迷宮的哪一處，也不知道敵人跟寶物到底在哪，所以慢慢行走就可以了。

與其盲目地亂跳亂跑，不如先保存體力，迎接可能會出現的強敵。

「柳天雲！找到你了！」

遊戲開始還不到三分鐘，我的身後傳來一陣憤怒的喊聲。

一名男學生從狹窄支道衝了出來，他像猩猩一樣粗壯高大，朝我用力瞪視。

「竟然敢用卑鄙的手段脅迫沁芷柔大人，讓她跟你交往！身為沁芷柔大人後援俱樂部的發起人之一，我今天要讓你嘗嘗……什麼叫做失敗的痛苦！」

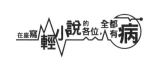

「……我才是最痛苦的那個好嗎？」我冷冷道。

整天被沁芷柔揍，確實沒有人比我更痛苦了。

「胡說八道！」猩猩男更加氣憤，右手指向我，朝我大聲吼出了學園祭裡的關鍵句子。

「發起決鬥！」

在猩猩男話聲落下的瞬間，四周的場景一陣扭曲，原先狹窄的灰色巷道變得寬闊。

而我的手上，出現一個彎彎曲曲的「寫作決鬥盤」，乍看之下，有點像鯊魚背上的魚鰭。

決鬥盤覆蓋著五張紅色卡片，我試著伸手一掀，發現沒辦法翻開。

「柳天雲，我要賭上你的所有寫作生命值，也就是一千點！」

猩猩男知道我是菁英班學生，而現在又是學園祭剛開始，我身上肯定只有一千寫作生命值。

——猩猩男明顯是想在戰勝我後，一口氣把我打落到敗者區。

不過……我柳天雲又有何懼？

何懼之有！

「我同意了，開始吧。」

在我同意對方的生命值賭注申請後，五張紅色卡片頓時無風自動，自行翻開。

我將卡片一張張看過，看見上面寫著「咖哩飯」、「本大爺」、「三天三夜」、「都笑了」、「臭水溝」五個詞彙。

十秒內將這五個詞彙組成輕小說對白，就可以過關。過關後與敵人比較分數，高者為勝。

「你這咖哩飯要花上三天三夜熬煮，本大爺看得都笑了，一看就是只能扔進臭水溝的貨色！」

「叮！您的組合方式符合輕小說中的『毒舌』屬性，再綜合您的字句，恭喜您得到六十分。」

決鬥盤迅速給出評分。

……不過，竟然只有六十分啊。

我的頭上浮現出「六十分」的藍色大字。

似乎是被系統隔絕了聲音，我聽不到對面猩猩男的回答，不過……在十秒鐘的期限即將到達時，猩猩男的頭上浮現了「二十一分」這行字體。

……六十比二十一。

……是我贏了。

一道紅光自猩猩男的決鬥盤裡飛出，迅速地進入了我的決鬥盤裡。

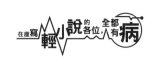

接著我發現，原來決鬥盤上緣刻著一行數字，數字正不斷跳動……最後停在「兩千」的位置上。

看來這就是寫作生命值了。

「柳天雲！你給我記住，我會再來的！」

每次決鬥結束都會被隨機送到新的地方——在晶星人的高科技系統帶起的傳送亮光中，猩猩男朝我淒厲大喊。

老詞了，換套新鮮的吧。

這次我被傳送到一條死巷中。

剛傳送進去，我就腳步踉蹌，差點跌倒。

仔細一看，原來我剛剛踩到了一個突起物。

那突起物四四方方，呈正方形，上面還塗著黃燦燦的油漆，看起來金光閃閃。

正上方，朝向天空的那一面，貼了一張紙條，上面寫著字。

「生命值寶箱（100）……觸碰後，可以隨機補充五千到五萬不等的寫作生命值……」我將紙條讀出。那個括弧起來的100，大概是指這遊戲裡共有一百個相同的道具。

於是我向寶箱摸去。碰到後，寶箱瞬間彈開，一道道紅光自寶箱裡飛出，融進我的身上。

「恭喜您獲得五千寫作生命值！」系統如此提示我。

果然，我還是衰鬼一個，只隨機得到最低限度的五千寫作生命值。不過，加上剛剛的收穫，這下子我就有七千生命值了。跟一般學生的一萬生命值比起來，也已經相差不遠。

理論上來說，C高中有一千四百多名學生，不算上寶箱的收穫，全部的生命值加總至少有一千四百多萬。

一千四百多萬，看起來數字龐大，但決鬥應該不會進行太久。

因為學生彼此決鬥、互相消滅，勝者手上握有的生命值會越來越多，賭注也會慢慢增大，或許……很快就會有壓上數萬生命值的決鬥出現。

然而……在這座灰色迷宮裡，對我來說，能稱得上勁敵的人，並不多。

校排行第一的風鈴。

校排行第三的沁芷柔。

還有……名義上的師父，幻櫻。她雖然校排名只有十九，不過潛意識告訴我——這名銀髮少女非常可怕，沒有十足把握的話，絕對不要輕易招惹。

只要別碰到上述三名少女……或者說美少女，就算是菁英班的其他成員，我也有九成以上的把握戰勝。

在我思考到這裡時，隔壁巷弄裡忽然傳出喜悅的喊聲。那是開心到忘我、完全無法壓抑聲量的巨大喜悅。

「狐、媚、女！本小姐終於找到妳了！給我露出妳的真面目，並做好戰敗的覺悟！」

「咿——？」風鈴受到驚嚇的聲音響起。

「發起決鬥！」

隔壁巷弄傳來沁芷柔的大喊聲，接著重新歸於寂靜，再也沒有發出聲音。

……剛開始就來個怪人社的對決嗎？不知道她們兩個會不會有人生命值歸零出局。

那之後，我不斷在迷宮裡四處閒晃，收割一個個普通學生的寫作生命值。

由於寫作實力差距太大，普通學生根本不是我的對手，我很輕易地就將生命值提升到了五萬五千。

接著在大約第二十次的傳送中，在一個偏僻的角落裡，我發現了新的寶箱。

打開寶箱，裡面是一副綠色蛙鏡，上面畫著卡通人物。

「生命值探測蛙鏡（1），當敵人踏入十公尺範圍內，喊出『觀察』，可以看出敵人的寫作生命值數字。」我念出寶箱上的說明。

「哦哦，這可是好東西啊，而且迷宮裡只有這一個！」

我將生命值探測蛙鏡戴上。雖然受鏡片影響，眼中的世界變成綠色，不過沒關係，好處遠大於壞處。

又過了一陣，我與一位菁英班的光頭男學生窄路相逢。他的菁英班排名，我記得總在十五名上下浮動。

「柳天雲，站住！你到底想躲到什麼時候！」光頭男森然道。

……我柳天雲，可沒有躲。

你們找不到我，是因為我一直在跟別人交戰，每次交戰都被重新傳送。

對了，他是菁英班學生，戰鬥之後累積起來的寫作生命值，或許很可觀？

我走近幾步，接著輕念道：「觀察。」

生命值探測蛙鏡發動了——

「玩家您好，您觀察的目標現有生命值為：70000！」

七萬！這傢伙的生命值有整整七萬！我一路不斷擊敗對手，生命值也才五萬五千。看來這傢伙除了戰勝不少人之外，也開到生命值寶箱了吧。

光頭男朝我露出猙獰的笑容，「沁芷柔跟風鈴親衛隊已經聯合起來，發動所有人力找尋你，發誓要把你掃出戰場……現在被我逮到你了！」

逮到我？

「不，正好相反。」看見他的生命值總數，我忍不住笑了，「是我柳天雲……逮到你了。」

「發起決鬥！」

光頭男發出一聲氣憤的怒吼，接著大喊出聲，將我們拉進決鬥場地中。

「在蒲公英花開的日子，站在如殘雪般的花海裡……緬懷對方的身影。緣起緣滅，一個故事的終結，同樣會帶來另一個故事的開始。」

「叮！您的組合方式符合輕小說中『中二病』、『文雅』屬性，再綜合您的字句，恭喜您得到七十五分。」

由於系統給出的關鍵字，剛好與當初攻略沁芷柔時說過的句子暗合，所以我就搬出來運用。

不過，系統竟然給了我中二病的評價。

……我柳天雲才不是中二病，只是尊爵不凡了點……罷了。

而對面的光頭男拿到了五十分，被我輕鬆取勝。

無數紅光自他的寫作決鬥盤中飛出，補充到我的決鬥盤裡。

因為我只有五萬五千生命值，所以只能贏回同等的生命值……不過就算是這樣，我的生命值也突破六位數字，來到十一萬大關。

十一萬，感覺起來算是不少了。

在又一次重新傳送後，我繼續尋找新的敵人，途中我發現幾個被開過的空寶箱。寶箱被開過之後，說明文字就會消失，無法得知裡面曾經有什麼道具。

——到底還有什麼奇特的道具呢？

正當我悠哉地閒晃時，又有新的敵人出現。

這次是一名綁馬尾的女學生。值得一提的是，她的手上戴著奇怪的卡通手環。

「觀察。」我首先念道。

「玩家您好，您觀察的目標現有生命值為：100000！」

十萬寫作生命值！我感到相當驚訝。

可是這名女學生，明明不是菁英班的成員，她是怎麼累積到十萬寫作生命值的？難道不斷被她碰見寶箱？

我看向她手上的卡通手環。

那款式風格，跟我的蛙鏡有點類似，難道說……

「我一直，都很弱小……」

馬尾女學生低下頭，黑色的瀏海覆蓋而下，將她的表情藏起。

「不太會寫作……不懂得安慰風鈴大人……只能加入親衛隊，默默支持著風鈴大人。風鈴大人是至高無上的救贖，我愛她，風鈴大人是我的女神！」

聽見她對風鈴的告白宣言，我一愣，接著靜靜等待對方說完。

馬尾女學生繼續發話。

「然而！然而這麼平靜而純樸的日子，被一個男人給闖入破壞了。」

她猛然抬起頭，朝我用力嘶吼。

「你這種缺乏朋友的人，根本就不會有厲害的寫作本領！一定是不知道用什麼方法欺騙了風鈴大人……欺騙了整所C高中！柳天雲你這壞蛋，你根本不配跟風鈴大人站在一起享受榮耀！」

「為什麼……缺乏朋友，就不能擁有厲害的寫作本領？」聽完後，我先是一頓，接著慢慢吐出字句。

「你不配擁有！」馬尾女學生相當激動，「寫作這種事應該快快樂樂地進行，幾個寫作同好之間彼此串門子，互相替對方的作品宣傳——然後討論誰寫得好，寫得好就笑，寫不好也會笑，大家愉快地寫作！」

「那又如何？」我淡淡道。

「什麼？」馬尾女學生一愣。

「我在問妳，那又如何？妳可明白……我柳天雲當年為了練習寫作，付出過多少心血。寫不好時垂頭喪氣……看見比自己厲害的人感到氣餒……沒有靈感時懊惱無比……獨自寂寞時，只能擁抱文字。

「對你們而言，寫作只是娛樂，但相對於我柳天雲、相對於獨行俠而言，你們世界中的某一部分，卻已經是他們得到的全部。

「我以我的全部，我的唯一……去戰勝你們的一小部分，這難道很過分嗎？」

馬尾女學生的表情扭曲，用力一搥旁邊的灰色牆壁。

「柳天雲，你強詞奪理！」

「既然能自圓其說，那就不是強詞奪理。」

因為連續的對話，我的呼吸略顯急促。

在急促的氣息中，我拔高自己的語調！

「別將自己的弱小，當作怪罪他人的理由！回去認真練習寫作吧，我柳天雲……將會站在寫作的頂峰，等待妳趕上還擊的那一刻！」

「發起決鬥！」我朝對方喊道。

「柳天雲，你上當了！」

在進入戰鬥的場景轉換前，馬尾女學生尖聲大笑。

「我得到了道具──『兩敗俱傷手環』！這手環在戴上後，可以將進入戰鬥的兩方寫作生命值互相抵銷、扣除，也就是說……寫作生命值比較低的那一方，生命值會被立刻扣除至零，然後戰敗遣送出場！

「包含我自己在內，我已經湊齊十個風鈴親衛隊成員的生命值，現在我的生命值足足有十萬……雖然沒辦法以寫作贏你，但我就是要打敗你，讓你吃點苦頭，柳天雲！」

「！」

馬尾女學生手上的手環，發出驚人的強光。

接著我們兩人手上的決鬥盤，開始飛出大量的紅光。紅光不斷彼此消融、相噬，而我決鬥盤上顯示的寫作生命值，也在飛速減少。

「……」

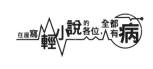

最後，我的寫作生命值只剩下一萬。

而對面的馬尾女學生，原先的十萬寫作生命值已經空了。

「柳——天——雲！」

在發出驚人的怒喊聲後，馬尾女學生因為生命值歸零，被快速地遣送出場。

……好一個，兩敗俱傷手環。

不過，在我被隨機傳送到另外一個地方後，就像接收戰敗者的戰利品那樣，兩敗俱傷手環竟然也跟著被傳送過來了。

我拾起掉在地上的手環，耳邊立刻響起系統提示。

「兩敗俱傷手環（1），佩戴後在學園祭中無法取下，與敵人進入戰鬥後，能將寫作生命值化為攻擊力，強行抵銷對方的寫作生命值。使用兩次後消失。」

看到佩戴後無法取下這點，我把手環收進口袋裡。

而且，我現在寫作生命值剩下一萬，使用這手環太過冒險。

「……」我默默思考著剛剛那位馬尾女學生的話。

她喜歡風鈴。

而風鈴現在是我名義上的女朋友，所以自認被橫刀奪愛的她，才會如此憤怒。

現在，不止其餘高中的輕小說高手視為我大敵，連C高中裡的學生們，討厭我的人也非常多。

眾叛親離……嗎？

「哼哼哼哼……哈哈哈哈哈……哈哈哈哈哈哈哈……」

我仰天大笑。

「難道你們以為，集體聯合起來排擠我……我就會因此感到灰心喪志嗎！

「要知道，我柳天雲可是獨行俠。

「與所有人為敵——與世界為敵，再也沒有比這更適合獨行俠、更有趣的挑戰！」

嘴巴上雖然這麼說，但我的心情，終究還是有些低落。

那低落感——並非來自沒有朋友的孤單，而是不被任何人理解的寂寞。

我曾經付出了所有。

甚至連晨曦都失去了，只為了讓寫作變得更強。

直至今日，代表C高中出戰，連戰連勝，得到的不是感激，卻是厭惡、質疑的目光。

罷了。

如同「人人人人人人人人人人人人人人人」無數個人的道理，當整個世界上的總和人數大於二時，你隨時可以捨棄與自己背靠背的夥伴，讓他重重摔倒，傷得再也爬不起來，然後獨自去尋找更好的目標依靠。

也就是說，人與人之間的相處，永遠都會是無情者取得上風。

或許，我柳天雲還是太過心軟，所以才無法攀上獨行俠境界的最高峰。

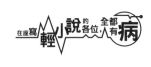

在C高中裡，我唯一的容身之所，似乎只剩下怪人社。

只有同樣身為怪人的那些少女，才會稍微明白常人無法理解的寂寞。

怪人社……嗎？

有史以來第一次——

自我的心中，忽然生起了「這社團似乎也不錯」的念頭。

在那之後，我不斷擊敗其餘學生，然後開了許許多多的生命值寶箱。

一個小時過去，我擁有一百萬寫作生命值；幾個小時過去，漫步途中陸陸續續遇到一些殘存的學生，這時感受到的太陽熱度，大概已經是中午。

而我的寫作生命值，終於來到三百二十萬整。

——三百二十萬寫作生命值！

比起初始的一千生命值，三百二十萬這個數字，簡直龐大到無法想像。

那是付出了幾個小時的辛勞，最終換回的豪華數字。

學生在不斷對決後數量會跟著減少，這時候已經越來越難找到敵人，而且剩下的都是實力不錯的學生。

最後，在大約下午一點時……我遇到了風鈴。

「前輩。」

於一個眾多岔路的交匯點，我與風鈴相遇了，同時一眼看出她有著三百萬寫作生命值。

風鈴今天依舊是紫色雙馬尾、水手服的造型打扮，她站在灰濛濛的牆壁旁，紫與灰的顏色對比顯得非常強烈。

水手服的裙子似乎被風鈴自行修改過，比起一般女學生，風鈴的水手裙比較短一些，褶紋也更加細密。

「前輩……風鈴，終於找到您了。」

風鈴對我嫣然一笑。她的笑容，沒有含帶半點惡意。

這世上，如果有少數純粹、毫無心機的好人的話，那風鈴肯定是這類族群。

同時，風鈴也是最容易被「人人人人人人人」理論給背叛，重重摔倒的那些人之一。

就在我正打算與風鈴攀談時，她卻對我眨了眨眼，表情有些頑皮。

「發起決鬥。」

「！」

隨著少女的話聲落下，我與風鈴進入戰鬥場景中。

猝不及防地，風鈴對我發起了挑戰。

同時，這也是C高中校排行第一者，針對我發起的挑戰！

「風鈴……想壓上三百萬生命值。」

「……」我點頭。

生死決於一戰嗎？風鈴的果斷出乎我的意料。

進入戰鬥後，我立刻集中精神，迅速將五張卡牌上的詞彙，組出像樣的詞彙。

「如果妹妹與女朋友同時掉進水裡的話，只要救妹妹就可以了。因為救了妹妹，也等於救了女朋友！」

「叮！您的組合方式符合輕小說中『妄想症』、『妹控』、『變態』屬性，再綜合您的字句，恭喜您得到八十五分。」

經過長久的對戰，我早已摸索出系統的評分規律——符合越多輕小說屬性，在這裡能拿到越高分，文筆反倒不是那麼重要。

能在短短的句子裡，將最多輕小說屬性融合進去的，才是勝利者！

得到系統評分後，我將視線移到風鈴的方向，想看看她進行得怎麼樣了。

「……」

風鈴卻沒有看著卡牌，也沒有嘗試組合出輕小說對白，就只是站在我的對面，處於我的敵方位置上，對著我微笑。

「叮！您的對手由於超過十秒鐘時限未作答，您獲得勝利，取得三百萬寫作生命值！」

我感到口乾舌燥。

風鈴是故意輸給我的。

在風鈴的身軀逐漸模糊、就要被系統傳送到敗者區的前一刻，她輕柔、溫和的嗓音，悠悠傳來。

「風鈴已經注視了前輩……許多許多年。

「我也明白，前輩的實力不如當年，所以在校排行中敗給了風鈴。但您是風鈴的偶像，遲早會振作起來。

「所以在這裡，即使不是正式比賽也好，風鈴……會將您應有的第一，先還給您。

「前輩……去奪冠吧……風鈴會繼續關注著您，替前輩加油。」

風鈴像禱告那樣將手握在胸前，閉上雙眼，眼角帶著些許淚水，身影化為點點白光消失了。

我的寫作生命值，達到六百二十萬的驚人數字。

意義如此沉重的勝利，促使我的腳步不斷加快，繼續去尋找下一個對手。

我要贏。

在這場學園祭裡……我想獲勝！

「叮！玩家您好，由於輕小說學園祭迷宮裡，僅存的玩家剩下最後十名，所以將開啟『命運對決模式』！

「從現在開始，迷宮的範圍將大幅度縮小，道路也將改變，將您導向剩餘敵人的

所在之處。」

系統的音效聲，在迷宮裡不斷迴盪。

命運對決模式……嗎？

玩家剩下最後十名，除了我之外，還有另外九名玩家……

我的腦海中，掠過沁芷柔跟幻櫻的面孔。

這兩名少女，肯定也在殘存的玩家中吧。

迷宮的灰色牆壁如同有生命般，開始不斷蠕動，許多岔路也不斷封閉。

我很順利地又遇到了兩人，將他們解決後，收穫了三百萬寫作生命值，將生命值累積到九百二十萬。

迷宮的範圍更加收縮。

看見迷宮的舉動，彷彿在催促我加緊比賽的瞬間——我忽然想起了一件事。

C高中，只有一千四百多名學生。

而我現在擁有九百多萬生命值，即使算上生命值寶箱的加乘，也幾乎能保證掌握了超過半數的寫作生命值。

也能理解為，現在沒有人可以在生命值的數字上超過我。

我摸了摸口袋裡的「兩敗俱傷手環」，頓時明白一件事。

——現在的我，擁有一擊必殺的能力！

——不管對手是誰，只要使用「同歸於盡手環」進入戰鬥，我就會是勝利者！

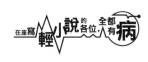

「叮！玩家您好，輕小說學園祭迷宮裡，僅存的玩家剩下最後五名，請加緊把握機會！」

又有人出局了，玩家只剩下五名。

於是，我順著灰色迷宮給出的道路，不斷往前走。

往前走、往前走——最終，來到一個灰色的廣場。

這廣場占地非常大，呈圓形，圓的周邊開有無數岔道，似乎是所有岔道的共通之處。

廣場的正中央，有一座噴水池，那噴水池奇異地噴出七彩的水柱，並在水柱頂端凝結出一隻鳳凰的模樣。

而噴水池前方，有一張長椅，一名銀髮少女正坐在上面翻閱輕小說，手中還拿著鮮紅的大蘋果，小口小口啃著。

在我觀察她時，銀髮少女剛好吃完一顆蘋果，又從長椅上的一個紙袋裡摸出新的蘋果，擦了擦後繼續開吃。

「……」

幻櫻。

我名義上的師父。

看到幻櫻，我本能地感到畏懼，正要往回走避開這個煞星……

就在這時——

口袋中的「兩敗俱傷手環」彷彿瞬間發熱，熱量順著皮膚血管不斷上衝，一直熱到我的心臟部位。

能贏。

能贏！

如果是現在的話，我可以贏過……名義上的師父。

可以贏過……這個天才詐欺師！

心臟怦怦直跳。

血液彷彿翻滾沸騰，讓我的額際流下因激動而產生的熱汗。

能贏。

能贏——能贏過幻櫻！

「小人本坐在教室的窗邊，自身孤獨又有閒，生活樂無邊！

「誰知那幻櫻她蠻橫不留情，利用晶星人目無天！

「壞我孤獨占我閒，我天雲跟她來翻臉，慘被她一拳來打扁！

「我掙扎罵她欺善民，反被她強逼進師門，凌虐了一百遍啊一百遍！」

與黑色魔龍的對決中，我曾經臨機應變出的七步誠實，在這一刻於腦海中不斷播放。

那七步誠實，字字蘊含獨行俠即將爆發的不甘心。

——那是誓要逆天的不屈！

——那是再難獨行的苦悶！

在這裡，幻櫻不能揍我。

對戰的話，我又必勝……

亦即，天時地利人和，全都有了。

我柳天雲……要還擊，要對這個名義上的師父，做出史上最厲害、最痛快的反擊！

於是，我開始笑。

「哼哼哼哼……哈哈哈……」

笑得淒厲，笑得瘋狂。

笑出，我柳天雲孤獨王國大公爵的風采。

「哈哈哈哈哈哈……哈哈哈哈哈哈哈哈哈哈哈……」

我越笑越是大聲，同時將「兩敗俱傷手環」給牢牢戴上。

然後，我轉身，踏進巨大的廣場裡，往七彩噴水池下的幻櫻……走去。

隨著我在大笑中逼近，原本在閱讀輕小說的幻櫻抬起俏臉，向我看來。

幻櫻細細彎彎的眉毛微皺，那表情就像是在問：「弟子一號這傢伙又想變什麼把戲？」

我有九百二十萬的寫作生命值，一進入戰鬥，就能取得壓倒性的勝利。

畏懼吧……哭喊吧……名義上的師父哦……

妳的常勝神話，今天……就由我柳天雲來打破！

最終，我站到了幻櫻面前。

「……」幻櫻依舊坐在椅子上，手裡拿著蘋果，輕小說卻闔起來了。

帶著高處不勝寒的唏噓感，我嘆了口氣，一拂想像中的袖子後，淡淡道：「今日一戰，命中註定……終須到來。

「戰後一笑泯恩仇，妳我一戰後，無須多言，塵歸塵……土歸土，我們的恩怨就此一筆勾銷。」

恩怨一筆勾銷是很有必要的事，如果不提這句，幻櫻出了這裡多半會揍我。

「……」

接下我鄭重拋出的臺詞，幻櫻卻嘴角揚起，似笑非笑。

「弟子一號，你可真學不會教訓吶。」

看到幻櫻在笑，把握難得的機會，我也跟著大笑了一番。

就在笑到過癮，正要喊出「發起決鬥」這四個字終結對方時，出於之前累積的習慣，我嘴裡下意識地先喊出了「觀察」。

我的「生命值探測蛙鏡」，可以觀察對方現有的寫作生命值。

「玩家您好，您觀察的目標現有寫作生命值為：100000000！」

「？」我揉了揉眼睛。

接著我再看了一次，探測出來的數字依舊沒有變動。

我倒抽一口涼氣。

100000000……幻櫻的寫作生命值，有一億!!

我以震驚無比的目光注視幻櫻。

不可能！

絕對不可能！C高中才一千四百多名學生，而且我身上占了超過一半的寫作生命值，幻櫻從哪裡湊來一億生命值！

在我心裡掀起驚濤駭浪時，幻櫻淡淡地對我一笑。

那笑容……相當自信。

「回答我……弟子一號，你來這裡，是想要挑戰我嗎？」

幻櫻的語調柔和，卻危險。

寫作生命值，一億對九百二十萬。

而我現在戴上了無法卸除的「兩敗俱傷手環」，只要進入戰鬥，我就會被幻櫻擊敗。

此刻，面對幻櫻的問話，我一時竟然無法回答。

能言善道如我，亦徹底語塞。

糟糕。

得說些什麼，想辦法逆轉眼前的局面。

不然幻櫻只要對我發出決鬥，轉眼我就會落敗。

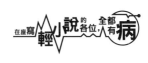

——我身上繼承了風鈴的生命值，絕不能輕易輸掉！

「……」我盯著幻櫻顯示出的一億生命值。

柳天雲……想想……快想想……你必須相信自己——那個被風鈴所相信的自己！

我露出極為勉強的笑容，接著打量了一下幻櫻，想看出某種破綻來。

眼前的少女，有著金黃色的髮夾、及腰的銀白長髮、雪白的瓜子臉、纖細嬌小的身材、充滿清純感的水手服、掛在腰間的狐面墜飾。

還有那彷彿看破一切，嘴角勾起微笑的表情。

除了再次認知到幻櫻是個外表無可挑剔的美少女外，我一無所獲。

就在轉過「一無所獲」這四字念頭的瞬間，我似乎模模糊糊悟到了什麼。

某種奇特的東西……閃過我的腦海。

「幻櫻……妳是我的女朋友對吧？」我緩緩道。

「呼嗯？」幻櫻閉起單眼，「暫時算是吧。不過，不許做到牽手以上。」

捨棄多餘的想法，我腦海中那奇特的東西，脈絡漸漸清晰。

沒錯。

我跟幻櫻是男女朋友，關係非比尋常，我完全能以情侶的身分，要求幻櫻先別對我出手……並在另外尋找一個對手，用掉僅剩一次效果的「兩敗俱傷手環」後，再來向幻櫻挑戰。

雖然一億對九百二十萬，雙方籌碼差距極大，不過靠輕小說的實力硬碰硬，總比毫無勝算來得好。

想到這，我牽起幻櫻的小手。

「欸？」

幻櫻一愣。

「弟子一號，你幹麼牽我的手？」

「妳剛剛說可以牽手的。」

「我可沒說隨時都能牽！那樣不是顯得我很隨便嗎！」

「現在不行嗎？」

「也、也不是不行……」幻櫻難得有些慌亂，「可是你這傢伙也太突然了吧！」

「戀愛就像大海上的風暴，說來就來，說走就走。」我隨口胡謅。

幻櫻哼了一聲，卻也沒掙脫我的手。

大概對情侶加師徒關係來說，牽手還在容忍範圍內。

幻櫻將吃到一半的蘋果放在紙袋上，我們就這樣牽著手坐在椅子上，聽著噴水池嘩啦啦的聲響。

自從加入怪人社，我跟幻櫻的獨處機會變得很少。

「弟子一號。」

「什麼事？」

「你是不是，想要騙我？」

「！」我乾笑幾聲，「怎麼會說我想要騙妳？」

「平常的你，不會這麼溫柔。」

「溫柔？獨行俠身上沒有那種怪東西。」

「我已經很久很久……很久很久……沒有看見你這樣做了。」

「呃……我可從來沒有這樣子過，之前牽起妳的手，就會被揍。」

我說的都是實話，幻櫻聽了卻淡淡地笑了。

「弟子一號，我告訴你一件事。」

「？」

「其實我是用道具『騙人布貼紙』偽裝出一億寫作生命值的，真實生命值只有兩百萬，現在挑戰我的話……你就會贏。」

我全身猛然一震。

……幻櫻知道我的盤算？聽她的口氣，顯然是知道「生命值探測蛙鏡」跟「兩敗俱傷手環」這兩樣道具。

可是……我才踏入這廣場不到三分鐘，她怎麼可能瞭解……怎麼可能猜得出來！

就跟過去一樣，幻櫻接連以不可思議的神機妙算，料到我的所有行動。

那是會讓人心中生出無力感，彷彿早在行動之前就被看穿一切，自覺完全無法對抗的強大。

「弟子一號，你現在有兩個選擇。第一個，擊敗我，拿走我的寫作生命值；第二個，我們兩個一起坐在這，靜靜等著半小時後，被規則淘汰出局。」

幻櫻說完後，就安靜等待我的答覆。

我想了想，過了好久，才終於做出回答。

「我答應過風鈴，要取得學園祭第一……」我說。

幻櫻淡然，「……這樣嗎？那你就挑戰我，取走寫作生命值吧，弟子一號。」

我繼續把話說完。

「可是，我也答應過妳，要成為妳的同伴。」

「還記得嗎？妳當初說過的那句——『沉寂的寫作天才，如果東山再起，與我成為同伴，那將……天下無敵。』」

幻櫻眨了眨眼，「真花心吶，弟子一號……或許該說，你變得圓滑了，不會莫名其妙地說些怪話。」

當然。

一直被妳跟沁芷柔揍，為了小命著想，再怎麼愚笨的生物也會努力進化。親身體驗物競天擇的定律，達爾文現在想必在天上看著我，笑得很欣慰。

「可是，弟子一號……我不會讓你這麼逍遙。」幻櫻冷不防地說，「選吧，剛剛我提出的兩個選項，你只能選一個。」

聞言，我忍不住笑了。

那笑，來自有些狼狽的記憶。

我記起之前幻櫻也曾經拋給我二選一的選項，那時候第一個是「乖乖跟我來，你免費摸了美少女的胸部，什麼事都不會發生」，第二個是「繼續掙扎抵抗，我大叫大嚷，讓你變成眾人眼中的人渣」。

還記得，當時我選第一個，乖乖跟幻櫻走，接下來因為反抗被揍了好幾拳。

「妳可真喜歡二選一啊……這次我就不挑戰妳了，陪妳坐個半小時吧。」

「哼，驕傲的弟子一號，明明是人家陪你坐半小時。」

「我柳天雲身為高傲的獨行俠，可不需要別人的陪伴。所以了，當然是我陪妳，而不是妳陪我！況且……」

「囉唆死了！別一直在這個話題上打轉啦！」

那之後，剩餘的時間我們都在聊天。

自從上次木屋之行，已經很久沒有這樣子跟幻櫻說話了。

在肅殺的淘汰賽過後，休憩的時間顯得格外難能可貴。

這段時間裡，我與幻櫻的手始終牽著，沒有放開。

半小時的時光轉眼即逝……

「叮！您已經有半小時沒有與敵人交戰，被判定為消極遊戲，現在將傳送您到敗

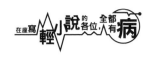

者區！」

很快，我與幻櫻，一起迎來了學園祭的終結。

第八話　如果有一堆妹妹就好了

沁芷柔獲得了學園祭的冠軍。

風鈴早已出局，在幻櫻以及我也相繼被淘汰後，沁芷柔以碾壓之勢橫掃剩下的幾名學生，輕輕鬆鬆奪得勝利。

事後，我找到風鈴，對她鄭重道歉。

「不好意思，我沒有拿下學園祭的冠軍……真的很抱歉。」

如果對方是幻櫻或是沁芷柔的話，我根本不會這麼老實，而是會哈哈大笑，以怪人戰鬥力帶過此事。

但風鈴的話，良心不允許我這麼處理。

她捨棄了獲勝的可能性，將寫作生命值押注在我身上，我卻沒有拿到第一名。

於是我誠心誠意地在風鈴面前低下頭，充分表達歉意。

「前輩，請不要這樣。」風鈴的語調很溫和。

「風鈴不想看見這樣的前輩，請抬頭挺胸，展露您的氣概。」

敗者可沒有氣概可言。我苦笑。

雖然沒有挺胸，不過我最後還是抬起頭來。

風鈴注視著我，踮起腳，摸摸我的腦袋。

過去都是我撫摸風鈴，這還是我第一次被她摸頭，不得不說，是種相當奇妙的體驗。

「前輩……風鈴一直都注視著您。

「風鈴知道的。遲早，您會取回當年的實力，引導C高中……引導風鈴走到前方去。」

彷彿天塌地陷也不會捨棄想法，山崩海嘯亦無法阻止決心——風鈴話語裡含帶的，是一種無比堅定的信任。

但……其他高中還好說，怪物君呢？

怪物君這堵高牆，要如何越過？

有時，太過盲目的信任，會成為一種負擔。

風鈴似乎覺得我取回當年的實力後，就能在六校之戰立於不敗之地，可是看見怪物君後，我知道情況沒有那麼樂觀。

「其實我……」

我正要開口向風鈴解釋，她卻以右手食指的指尖，輕輕點在我的嘴脣上，將我的話擋了回去。

然後，風鈴輕輕搖頭，「前輩，風鈴這個外號是我自己取的，但您知道……這個外號的由來嗎？」

外號的由來？我怎麼會知道答案呢？

風鈴沒頭沒尾的疑問句，讓我傻住了，不知如何回答。

最後，在露出很淡很輕的微笑後，風鈴離開了。

自我的視線中慢慢遠去，消失在走廊的轉角處。

到底……

到底……風鈴這個外號的由來，會是什麼？

「風鈴……風鈴……」我嘴裡喃喃念著風鈴這兩字，試圖找出端倪。

最後，我腦海猛然一跳，一道驚人的想法驟然浮出。

「風鈴……風……我叫做柳天雲……天能容風，風能送雲……」

我心中大震。

「她把外號取為風鈴……是因為……我叫做柳天雲……

「如果我是處處皆有的雲，她就會化為無所不在的風……替我送行……

「就好像……她上次將寫作生命值送給我一樣……」

釐清謎題後，我卻感到無比茫然。

那茫然，有一半來自風鈴究竟是不是晨曦的困惑，而另一半……則來自無以為報的深深愧疚。

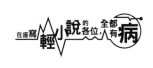

雖然學園祭沒有獎品，不過得到冠軍的沁芷柔非常開心。

某天放學後，我與沁芷柔從菁英班教室離開，一起走去怪人社。

之所以會一起走，是因為沁芷柔宣稱這樣能體驗「情侶在走廊上步行的感覺」，進而寫出更好的輕小說。

「嘻嘻，本小姐這麼厲害的美少女，能拿下冠軍也是很正常的事。」

沁芷柔笑咪咪的，學園祭結束後都過了兩天，她的心情還是很好，不斷拿這事來炫耀。

「像你啊……狐媚女啊，最後都輸給我了，還不快叫聲沁芷柔大人來聽聽？」

「……」我無言以對。

這傢伙竟然因為贏了一場遊戲這麼開心。

走到社團教室後，沁芷柔拉開怪人社的大門。

我的視線從沁芷柔的肩膀上越過，發現桓紫音、幻櫻、風鈴都已經到了，我們兩人是最慢到的成員。

可是……如果仔細觀察，會發現教室裡多出了一名少女。

不注意看的話，非常容易忽略她的存在。

因為這個人，此刻正安靜地坐在教室角落的垃圾桶上，手中拿著畫板，以鉛筆在上面塗塗繪繪，不知道在畫什麼圖案。

「？」

我看向那名少女，仔細觀察後，發覺她的穿著打扮非常奇怪，甚至比不懂得地球服裝穿搭的晶星人還要怪異。

少女披著毛茸茸的褐色卡通大熊套裝，套裝是前敞拉鍊型的設計，在拉鍊不拉的情況下，看起來就像一張巨大的卡通熊皮蓋住了少女，僅以帽子（熊頭）處做為支撐，讓熊皮不致滑落到地上。

而在動物套裝底下，是單薄的粉紅色棉質上衣與熱褲。

奇怪的人，奇怪的打扮。

或許是發現我跟沁芷柔正盯著她看，少女停止了畫畫的動作，抬起頭看向我們。

在少女抬頭的瞬間，大熊套裝的帽子稍微掀開，我看見她有一頭漂亮的青色長髮，頭上還戴著六角形的雪花狀髮飾。

「……」少女並不說話。

桓紫音坐在講桌上，朝我們點了點頭，似乎非常滿意我們的反應。

「零點一、乳牛哦！看好了，在吾之關照下，歷經萬年沉澱……今日終於從血池中，爬出了一名新的闇之血使！」

「？」沁芷柔皺眉。

「她大概是在說，這位同學是新的社員。」我從旁解讀、翻譯。
「啊啊……不愧是零點一，在修煉闇之寶典後，現在也變得聰明多了。」
「這句話是誇我聰明。」我繼續翻譯道：「桓紫音老師還叫妳別隨便揍我、別總是拉著我做一些輕小說體驗，最好也別有事沒事跑來找我，避免我被人暗殺。」
「妳當本小姐是笨蛋嗎！後面那一大串很顯然是你自己加的吧！」
「……被發現了嗎？」
「廢話，你的字數明顯比她的原話多！」
假傳翻譯的計謀被識破後，我迅速走進教室，藉著拉開距離撇開話題。
「臭柳天雲！」沁芷柔氣得頓足。
「所以……桓紫音老師，這位同學究竟是？」我望了望那位新同學，發現她又開始畫畫。
「首席黑暗騎士！吾懶得再說明一次，汝解釋給這些愚民聽！」
桓紫音把回答的皮球踢向風鈴。
「前輩，這是新加入的怪人社成員……一年級的雛雪同學。」
果然是新社員嗎？
風鈴原本在稿紙上寫作，現在停下鋼筆。
「據桓紫音老師所說，她是一位非常厲害的插畫家，而輕小說通常跟插畫有密切關係，兩者是最好的夥伴。

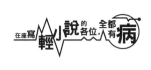

「以後我們的作品，就交給她繪製插畫，這樣可以幫助我們想像作品裡的人物，進而形容得更加生動。」

……聽起來似乎有些道理。我點點頭。

眼看風鈴介紹終了，桓紫音卻叫了起來：「首席黑暗騎士！汝為何不把話說完，吾現在要消耗一個令咒，命令汝解釋清楚！」

風鈴猶豫了一下才開口：「桓紫音老師還說了……最重要的是……因為這位雛雪同學是個怪人，所以可以加入怪人社。」

「正解！」桓紫音用力拍手，「這裡是怪人社，顧名思義，只有怪人可以加入！」

只有怪人可以加入？

「那、那個！」身為社團裡唯一清流的風鈴，聽聞之下，指著自己示意詢問。

「安心吧。」桓紫音露出慈愛的微笑，按住風鈴的雙肩，「首席黑暗騎士啊，汝毫無疑問是個怪人，千萬別懷疑自己的實力。」

桓紫音的笑容不但慈愛，還含帶殷切的鼓勵。

只有在這種時候，她會展現出為人師表的風範，彷彿正在勸慰一個考試失利的學生，說好聽的話褒獎對方。

風鈴聽到桓紫音的「褒獎」，臉色卻變得慘白。

「風鈴……是怪人嗎……」如此低聲自語的風鈴，頭垂了下去。

啊啊……真令人同情，我打從心底這麼認為。

拋開桓紫音跟風鈴的怪人小劇場，雛雪同學那邊，好似天塌下來也不干她的事一樣，依舊專注地作畫。

「看不出來她哪裡怪了。」沁芷柔盯著雛雪，「雖然坐在垃圾桶上有點那個……不過只是孤僻了點吧？」

「別小看雛雪，她除了身為插畫家的功力深厚，還是個不比零點一差的怪人。」

……可以別用我當怪人戰鬥力的標準嗎？

「零點一，汝上去跟新同學打個招呼。」

「……喔。」

我答應得很不甘願。

因為身為獨行俠，主動跟別人打招呼什麼的，是非常陌生的舉動。而且還是新同學，根本沒看過的人。

對長於交際的人來說，這大概是能輕輕鬆鬆帶過的場面；然而，對獨行俠而言，這就像踏入陌生動物的領域那樣，要隨時小心動物領主發怒，突然暴起傷人。

我朝雛雪走去。

桓紫音一再強調雛雪是個不可多得的怪人，所以大家都以觀察兩大怪人會如何產生碰撞的目光看好戲。尤其是幻櫻，她手裡還自備看戲的食物，不斷啃咬蘋果。

「！」發現我靠近的雛雪同學，急速抬起埋首於繪畫中的臉蛋，臉上浮現驚恐之色。

這一接近，我才終於看清了雛雪的樣子。

雛雪的容貌相當清秀，也就是所謂的美少女。

一頭淡青色的長髮，藏在卡通大熊套裝下的身段相當苗條，粉紅色棉質上衣被頗為豐滿的胸部撐出高低曲線，如果站起來的話，大概接近一百六十公分。

在教室的日光燈照射下，她露出大熊帽子外的青色頭髮，正反射色彩的光芒。

而最讓人在意的，是雛雪的眼眸。

桓紫音老師的雙色瞳已經夠讓人在意——而這位雛雪同學，眼眸竟然是愛心形狀。

我愣愣地望著她那一對紅色愛心眸。事後我才知道，那是一種來自晶星人資源裡的隱形眼鏡，戴上後會讓瞳孔變成愛心狀。

「請不要靠過來。」雛雪在畫板上迅速寫下了這樣的句子，並將板子轉給我看。

我看了之後，在離她不遠處站定。

「太近了，退後點，離我兩公尺遠！」雛雪又寫道。

「呃，同學妳好……」我打了個招呼。

侵入動物領域的任務，執行完畢。

我正打算回到自己的地盤（座位）時，桓紫音卻叫我站著別動，並且露出不懷好意的賊笑。

「？」為什麼我只是站著，桓紫音就笑得那麼開心？

「退出兩公尺外，快！」雛雪有些著急了，字跡也變得潦草。

「……？」我不解地望著她。

「拜託，求求你……」隨著時間一點一滴流逝，身處教室角落的雛雪……不斷寫字叫我退出兩公尺外，到了後來，文字已經近乎懇求。

「——快退出兩公尺外！」

這是雛雪留下的最後一行字。

……一分鐘過後，雛雪不再寫字，而是忽然站了起來。

她原先不說話時，臉上大多是面無表情，就算有表情……波動也不大。

此刻，雛雪同學的臉上卻帶著濃濃的笑意。

「哎呀……好久沒出來了呢。」

雛雪第一次開口說話，她的聲音又軟又膩、柔和嬌媚，彷彿在情人的耳邊低喃，那是足以使男性心頭一跳的嗓音。

她的愛心瞳眸彷彿形成了一個漩渦，要將我對異性的抵抗力全部捲走。

扭著纖細的腰肢朝我走來，雛雪擠到我面前，手指在我胸膛畫圈圈，柔聲道：

「哥哥，你能陪人家玩猜謎遊戲嗎？」

濃郁的異性香氣自雛雪身上傳來，不斷鑽入鼻中。

「？」我一呆。

「插畫家的丈夫，職業是什麼？」雛雪問。

「不知道。」線索給得太少了，我搖頭。

「白天的話不一定，但晚上的話也是插畫家哦。」

……黃色笑話嗎？

嘻嘻直笑，笑得使人心癢難搔的雛雪，竟然如此輕鬆平常地道出黃色笑話，幾乎讓怪人社所有成員都震驚了。

風鈴更是以恐懼的目光看著雛雪，唯獨幻櫻還十分平靜。

「哥哥，你身上好香哦。」雛雪貼了上來，將豐滿的胸部壓上我的胸膛。

「我、我沒有噴香水……」我被她嚇得退後一步。

「嗯……果然是雄性對雌性發情的荷爾蒙香味呢。」雛雪媚笑。

「那麼，哥哥是對我發情嗎？如果哥哥有需要的話，我們可以……」

「STOP——!!」

沁芷柔憤慨的話聲響徹整個怪人社。

「啊啊啊啊啊啊啊！這社團裡除了本小姐，怎麼盡是一些糟糕透頂的悶騷女啊！桓紫音老師，這傢伙到底是怎麼回事？為、為什麼變態成這樣！」

沁芷柔指著雛雪，向桓紫音大聲抱怨。

桓紫音這時候已經笑到彎下腰去，直不起身子來。

好不容易止住笑，她擦了擦眼角的眼淚，彷彿大發慈悲地做出解釋：「這傢伙

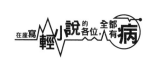

呢，有雙重人格。

「第一人格是主人格，不喜歡講話，用輕小說的技法來形容就是無口，如果身周兩公尺內有男性待著超過一分鐘的話，就會變成第二人格。

「第二人格如乳牛所形容的，是個色情悶騷女，而且男女通吃。如果身周兩公尺內有女性待著超過一分鐘的話，就會變回第一人格。

「身周兩公尺內同時有男性跟女性，人格就不會產生變化。」

確實是個徹頭徹尾的怪人。

這怪異程度，連我柳天雲都要甘拜下風。

……不如說，這位新社員，才是怪人社裡最怪的一位。

「好啦，零點一，在被吃掉前快退回來。」

有沒有這麼恐怖啊！不過我還是依言後退。

第二人格，也就是痴女型態的雛雪，吮著手指，露出「好可惜」的表情，幸好她沒有追過來。

「乳牛，汝上去讓她變回第一人格。」桓紫音又說。

幻櫻肯定不願意做這事，風鈴又會怕，看來確實只有沁芷柔能擔此大任。

沁芷柔嗚噁了一聲，皺著小臉朝雛雪慢慢走去。

其實不管怎麼看，雛雪的容貌體態都是女孩子中的上上之選，是個標準的美少女，只是隨時會變化人格的特質有點可怕。

沁芷柔站到雛雪面前。

「姊姊，妳長得好漂亮！」雛雪眼睛一亮，「妳的話……我可以哦。」

受到雛雪的激賞，沁芷柔卻一點也不開心。

「妳的話本小姐不行！廢話少說，快給我變回原狀！」

「姊姊說話好毒哦，不過我喜歡。」

「吵死了！安靜點！」

「雛雪的身材很好哦，姊姊不考慮一下嗎？」

沁芷柔瞧了她一眼，神色帶上輕視。

「哼，貧乳給我閉嘴。」

「貧、貧乳？」雛雪一愣，像是在做出確認般，她一托自己豐滿的胸部。

「這還用說，E罩杯以下就是貧乳吧。」沁芷柔淡淡道。

好高的標準，簡直高過頭了。

「乳牛，汝這句話，吾可不能當作沒聽到！吾身為吸血鬼一族，是因為血之力的關係才停止了成長！」

「只不過是脂肪多了點。」幻櫻也平靜地附和。

「好、好了啦，大家不要吵架，一起好好相處……」風鈴開口勸架。

「首席黑暗騎士，汝這傢伙很明顯就符合乳牛的及格標準吧，是想以勝利者的角度說風涼話嗎！吾要放逐汝入懲戒之地！」

「嗚嗚……」

獨自坐在位子上看輕小說的我，眼中掠過一行行文字，耳裡卻聽到接連不斷的吵鬧聲。

與這群絕對的怪人相處，讓我十分鬱悶，感覺像在地雷區裡行走那樣，隨時會被炸飛到半空中，傷得再也無法作戰。

如果沁芷柔轉換成水雲流少女，與雛雪待在一起，究竟會變成什麼樣子……我簡直不敢想像。

又或是桓紫音最後會不會把風鈴洗腦成怪人，這也是值得擔心的事。

而超級大魔王——幻櫻，更是虎視眈眈地等待所有人露出弱點的那一刻。

……頭好痛。

在雛雪變回第一人格後，社團教室內終於安靜下來。

雛雪的第一人格是無口型態，安靜到連話都不想講；第二人格卻又是個超級色情女，吵鬧到整間教室會炸開來。

……難道就不能從中取個平衡點嗎！

「雛雪！吾任命汝為『闇之見證者』，日後負責幫助首席黑暗騎士、首席黑暗乳牛、首席黑暗微生物這三人！」

「嗯。」雛雪坐在垃圾桶上寫道。

桓紫音老師的話，仔細一想，其實有點怪異。

首席黑暗騎士我知道是風鈴，黑暗乳牛大概是沁芷柔，那我難道是……黑暗微生物……

以刪去法來說，只有這個可能性了，但也太慘了吧，至少讓我當個哺乳類啊！

彷彿為了驗證「闇之見證者」的實力，於是接下來，我們開始認識這位怪人社插畫家的功用。

「零點一，汝拿一張空白紙，畫隻老鷹來瞧瞧。」

我依言畫了老鷹。

在完成畫作後，我拿給桓紫音看。

「臭小子，吾是說畫老鷹！這紙上畫的分明是比丘獸！」

比丘獸是初代《數碼寶貝》裡的主要數碼獸之一，外型看起來像一隻粉紅色、會站立說話的雞。

認真畫出的老鷹被說成比丘獸，我感到相當不悅。

「這明明是老鷹！大家來評評理！」我大呼小叫，召喚怪人社裡的夥伴來看畫。

「噗……這是什麼啊？」沁芷柔一看到畫就笑了，「看起來像發育不良的畸形小雞。」

而幻櫻更加惡劣，「我看倒有點像稿紙。」

別睜眼說瞎話硬是引用國文課本裡《雅量》的臺詞！明明教室裡有一大堆稿紙

可以比對！

「……」

在嚴酷的老鷹測試後，雛雪秀了一手栩栩如生的畫技。

包含最無情的幻櫻在內，每個人都承認了她畫的是老鷹。

——可是我不服。

我柳天雲偏偏不服！

妳們說我畫的不是老鷹，我柳天雲偏偏就要與天鬥……與地鬥，與人鬥，討回一個公道！

「真像一塊塊綠豆糕。」

於是我也引用《雅量》的臺詞。

「「「……」」」

最後我得到的——

是怪人社裡，所有成員的同情眼神。

雛雪入社的當晚，為了舉行新進社員的歡迎儀式，怪人社的大家罕見地在深夜集合了。

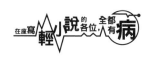

晚上九點鐘，早睡的學生已經上床就寢，我們卻抱著一箱箱零食與飲料踏入怪人社教室。

「不愧是第四名的食物分配量。」

桓紫音的手裡端著一盒巨大的水果蛋糕，走進了社團教室。

「根據規則，如果下個月的六校之戰名次下滑，這些食物都會被收回，所以若還想要繼續享受，就一直贏下去，至少不能輸。」

在地上鋪了許多海綿墊後，所有人坐在海綿墊上圍成一圈，食物跟飲料零散放在隨手可及的地方，任大家取用。

雛雪靜靜地坐在我跟幻櫻的中間。這種座位配置，可以確保雛雪的人格狀態不會隨便變化。

接著。

「我有事情想要請教妳。」我看見雛雪寫字向幻櫻提問。

「什麼事？」

「在這個社團裡，如果不聽從柳天雲學長的話，就會遭到嚴厲的懲罰吧？例如被武力侵犯之類的。」她又寫道。

被武力侵犯的人是我！

「妳為什麼這樣認為？」幻櫻問。

「雛雪一直很孤僻，但常常聽見有人批評柳天雲學長，說他是個卑鄙無恥下流奸詐骯髒的壞人，用非法手段脅迫了C高中三名美少女做為禁臠，還對此得意洋洋。」

「啊啊……妳誤會了，弟子一號不是那樣的人。」

這是……

我原本伸出要拿洋芋片的手指，頓時僵住。

幻櫻替我辯解了。

一直以來拚命欺壓我的幻櫻，這個天殺的師父……替我辯解了！

我心頭一陣強烈的震動。

就在這時，幻櫻叉起了一塊巧克力蛋糕開始吃，含糊不清地再次開口：「至少，下流奸詐骯髒這部分是沒有的。」

「……」

也就是說卑鄙無恥是有的嗎！妳到底多會拐彎子損人啊！

對師父徹底失望的當下，我狠狠撕開一包洋芋片，大口大口地吃著垃圾食物，嘗試以熱量消滅心頭的苦悶。

然後……

教室裡的日光燈，忽然熄滅了。

桓紫音將日光燈關掉，並點起了蠟燭，放在眾人圍成的圈子中。

燭光跳動不定，映出了桓紫音白皙的臉龐。如果她穿起校服，看起來肯定與高中生無異。

「吾在今天舉行這個宴會……除了歡迎新進社員之外，還有重要的事情要告訴大家。」桓紫音凝重地說。

聞言，我一凜。

這樣啊。

這樣啊……

桓紫音畢竟是C高中的精神領袖，不可能做出沒有意義的事。

在這種深夜時段將我們召集起來，肯定是要祕密商量對抗其餘強校的大計吧。

我越想越有道理，不禁想對此事點頭讚許。

「今天，咱們要來決定怪人社的社長。」桓紫音緊接著道。

「……」

或許是察覺我的表情相當怪異，桓紫音向我翻了個白眼。

「總之呢，現在副社長是乳牛對吧？社長的名額卻是空缺的。」

「等等！」我忍不住開口了，「我認為應該先商量如何對付B高中的問題，」

「啊？」桓紫音不滿地說：「現在不是在商量了嗎？怪人社乃C高中之根本，少了社長，缺了凝聚力，猶如群龍無首，好似一盤散沙！這樣的學生、如此的戰力……要怎麼出戰對抗B高中？零點一，汝倒是說說。」

「這……」我一時啞口無言。

乍聽之下好像很有道理，可是仔細一想根本就是歪理。不過，這歪理站在了大

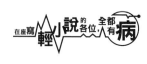

義上，想要辯駁卻又很難。

「好！不要理會零點一，咱們來決定社長吧！」桓紫音興高采烈地高舉右拳。

見狀，沁芷柔噗哧一聲笑了出來。

「……笑他的話，會不會被武力侵犯？」雛雪又寫字詢問幻櫻。

「大概不會。」幻櫻道。

「……原來如此。」

得到幻櫻的保證後，雛雪「嗤」地發出笑的氣音。

被這麼多女孩子嘲笑，我的男子氣概幾乎要被抹滅，令人感到無法忍耐。

「嘿，妳們真以為我柳天雲……看不出這點？」

我周身的氣勢，隨著言語不斷拔高。

「要不是為了社團裡的氣氛融洽著想，難道妳們認為我柳天雲會如此不堪！」

諸多少女，沉默。

「吾覺得零點一可以當怪人社的社長。」

桓紫音思考片刻後，第一個開口了：「大家看，這小子常常說一些死要面子的怪話，不管在什麼情況下，都會想方設法說出口。比零點一怪的人，應該很少。

嗯……汝等覺得如何？」

「不行不行，本小姐只是副社長，而柳天雲那傢伙竟然是社長？我無法接受。」

然而，除了沁芷柔，其他人竟然都投了同意票。

「風鈴覺得……前輩可以當社長，以前輩的強大，不管什麼職位都可以勝任愉快。」

雛雪用畫板寫道：「如果這樣就不會被侵犯的話，我投他。」

……這傢伙怎麼滿腦子都是侵犯人或被侵犯的事啊，十足的悶騷女。

等等……雛雪的第二人格，或許就是把真實想法付諸行動的表現？我忽然理解到這點。

最後幻櫻也發表意見。

「弟子一號嗎？嗯……勉勉強強讓他當個社長，不然他的存在價值太低了。」

……我一愣。

然後，感到濃濃的絕望。

沒有人比我更加清楚，這社團裡聚集了多少怪人。

——自稱吸血鬼皇女，隨時會異想天開舉辦活動，中二病至極的傢伙。

——會用羚羊拳、螺旋搏擊之類強招揍人，利用自己詐欺的長才拍照威脅他人，強行收別人為弟子的傢伙。

——喜歡扮演筆下角色，換衣服就換了一種性格，高傲又不服輸的設定系少女。

——感覺有被害妄想症，隨時有可能變成第二變態人格的插畫家少女。

在這群極端、各有特色的怪人裡……我柳天雲竟然要被公認為最怪的那一個，並推舉為社長？

……無法接受。

我柳天雲無法接受！

「哈哈哈哈……」於是我開始笑。

「哈哈哈哈哈哈哈……嗚噗！」

「你以為現在幾點了，小聲點！」幻櫻用手肘朝我肚子頂了一記重擊。

「哦哦，抱歉。」

於是我放低音量開始笑，但我赫然發現，音量一低，笑聲頓時變得有氣無力。

而且這樣笑，有種窮途末路的濃濃落魄感。

「……」桓紫音、沁芷柔、幻櫻、雛雪全都以同情的目光注視著我，默默不語。

「前、前輩加油！」

風鈴倒是握起小拳頭替我打氣，不過這樣一來，反而有強烈的低落感浮上我的心頭。

於是我抓起幾包零食，提起一大罐汽水，遠離燭光踏進了黑暗中，獨自坐到教室的最角落去。

「這世上……能理解我柳天雲的人，實在太少。」

我替自己倒了一杯汽水，獨自游離於怪人社的圈子外，望著窗外的月色，自斟自飲。

背靠在牆壁上，我將汽水在杯中不住搖晃，透明的氣泡飲料險些溢出杯口。

「問人生……真情有幾回？問人生……知己能幾何？

「英才總是孤獨，哪怕遭世人嫉妒——我柳天雲，一生狂傲，放蕩不羈，但求心之所安。」

於是，我將汽水一飲而盡，再順勢一擦嘴角。

「好酒！」

風鈴從海綿墊上爬了過來，保持趴著的姿勢，露出溫暖的笑容：「前輩，那個……您需要人陪酒嗎？」

「首席黑暗騎士，回來！就算零點一現在是社長，也不准討好他！」

「咦……可是……」

「沒有可是！」

桓紫音的聲音傳來，將風鈴拉了回去。

……果然已經被默認為社長了嗎？

我將一杯又一杯的汽水喝下肚，零食也全部吃完。

最後，在皎潔的月光照射下，我打了一個飽嗝。

而少女們坐在海綿墊上吃吃喝喝，不時發出哄笑聲，顯然每個人都很開心。

「……社長嗎？」我低語。

看來。

看來……我日後的校園生活，還有很長、很辛苦的一段路得走。

之後，我們全力投入輕小說的修煉。

每天兩萬字的寫作訓練，絲毫不敢懈怠。

但幾天後的晚上，我做了一個惡夢。

在夢裡，C高中於六校最終一戰裡……敗北了。

已經用盡一切方法，將所有才能與努力化為戰力與Y高中相拚，但怪物君實在太強，C高中在最終一戰裡，止步於第二名。

然後，在晶星人女皇尖銳的大笑聲中，C高中所有人的身體在一道紅光下逐漸瓦解，化為粒子消散在空氣中。

死亡沒有疼痛，卻有無窮的不甘心與對生存的渴望。

我看見了……C高中一千多名學生，那些化為粒子、被瓦解的人裡，也包含了我。

而且那個我，表情非常寂寞，嘴角帶著一絲解脫的笑，彷彿被瓦解也無所謂似的。

那神情，很像尚未遇到幻櫻，還沒重拾寫作前的我。

好像。

……真的好像。

我從惡夢中驚醒，躺在床鋪上，大口大口地喘著氣。

並且，感到頭痛欲裂。

新一個禮拜的校內排行榜公布了。

風鈴依舊是第一，不過排名第二的我，私下詢問，距離她的評分差距已經很小。

而拿到第三的沁芷柔在發了一頓脾氣後，更加努力於平時的練習，甚至連晚上的個人時間都拿來學習寫作。

……如果要論努力，沁芷柔其實才是怪人社裡付出最多的。從她不惜扮演筆下角色也要讓作品變得更好這點——就可以看出她有多重視輕小說。

最後是幻櫻，她排名十九。

「……又是十九名嗎？」我感到驚訝。

這世上竟然有這麼湊巧的事。

雖然幻櫻往日在課堂上表現得很好，不過比賽與練習是不一樣的——平常的表現有如神助，關鍵時刻的表現卻差得一塌糊塗的人，多得是。

所以幻櫻在校排行裡表現平平，這點並不是太奇怪的事。

不過，連續排名第十九這點有些耐人尋味。

在我仔細思索過後，還是勉強把這事歸類於「巧合」。

因為在菁英班制度下，每個人都在拚了命地學習變強，有些人進步快速，有些人陷入瓶頸——校排行除了前三名，其餘名次每個禮拜都會產生波動。

換句話說——想在競爭激烈的C高中裡刻意去拿第十九名，甚至比拿第一名還難。

大概連桓紫音都做不到這點。

於是，我將疑惑壓下，深深埋入內心深處。

……寫作。

不斷寫作，不斷變強，這是我現在唯一該思考的事。

「只不過是個哥哥！」

「吵死了！哥哥什麼的消失不見最好了！」

「哼……就算是哥哥，也有點用嘛。」

「身為可愛妹妹的我，就勉強誇獎你一下好了，笨蛋哥哥。」

「如果是哥哥的話……可以哦？」

由於我對妹系輕小說有獨特造詣，所以今天怪人社裡，由我站在講臺上當代課老師。桓紫音也坐在我的位置上，聽我講解。

我一拍黑板上寫著的五句話，嚴肅地說：「五句話，讓妳們理解妹系輕小說劇情演變！照著這個規律走，大致上不會出嚴重問題！但能不能發揮得好，就看個人本領。」

盯——

講臺下眾多少女全都望著我，那些視線裡蘊含的意味均不相同，讓我感到不小的壓迫。

我將粉筆放回板溝裡，學著桓紫音的模樣，將手按在講桌上。

「妹系輕小說，最重要的還是『如何寫出可愛妹妹』這一點！今天我柳天雲……會教妳們掌握這個重點！

「但……所謂的讀萬卷書不如行萬里路，實踐往往比理論重要！」

這時，風鈴在臺下提出意見：「前輩，請問您所謂的實踐，是什麼意思？」

面對這些暫時學生的意見，我淡然。

「字面上的意思，風鈴同學。不過，既然妳提問了，就先從妳開始吧。」

「什麼？」風鈴不解。

「放入妳所有情感，揣摩情境，叫一聲哥哥來聽。」

風鈴臉上微微一紅，可是非常聽話，柔聲叫道：「哥哥。」

那聲音又嬌又柔，彷彿直沁入骨，讓人像掉在龐大的棉花上一樣，身體都酥了半截。

「滿分！」我比出大拇指。

「謝謝前輩教導！」風鈴很開心，也朝我比出大拇指。

接著，我轉向雛雪。她今天以小鹿的動物套裝出席，一樣以類似披掛的方式套在身上。

「叫一聲哥哥來聽。」

「我是插畫家，不會寫妹系輕小說。」雛雪寫道。

「叫一聲哥哥來聽。」我再次重複。

「哥哥。」雛雪在畫板上如此書寫。

「不是用寫的！」

最後在無奈之下，我放棄了插畫家少女。

畢竟我還沒聽過她以第一人格說話，如果逼得她叫出第二人格，那樣就大事不妙了。

對於雛雪風騷入骨的第二人格，我柳天雲還是敬謝不敏。

「利用老師的職務之便，滿足少女叫自己哥哥的變態欲望……這是何等卑劣的情操……不愧是零點一。」

桓紫音蹺著腳坐在我的位置上，像是理解到什麼似的，以手指托著自己的下巴。

「胡扯！」我凜然反駁。

「我柳天雲如此用心良苦，想教導怪人社的成員精進寫作技巧，桓紫音老師，就算妳身為老師，也不能這樣汙衊我！」

「吾名為玫瑰皇女。」桓紫音淡淡道，卻也沒有繼續開口說話。

——好！

——太好了，桓紫音這關過了！

我的內心陷入狂喜，但臉上不動聲色，反而表情越來越肅穆。

建立一個美少女妹妹後宮，是所有妹控的夢想。

而眼前這些怪人社成員，雖然個性一個比一個殘念，不過每個人都是難得一見的美少女，這點不用懷疑。

不但如此，這些少女的外貌，亦各有各的特色。

亦即，我可以在授課之餘，讓她們每個人輪番叫我哥哥，悄悄滿足一下妹妹後宮的願望！

哼哼哼……這等瞞天過海、足以震古鑠今的計畫，看來也只有我柳天雲能夠想出！

風鈴跟雛雪這兩位都試過了，於是……

於是，我轉向沁芷柔。

「……」

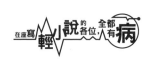

這位怪人社的副社長，正用梳子梳著長長的金髮。

我假意咳嗽一聲。

「咳，沁芷柔同學，叫聲哥哥來聽。」

「哈？」

這位金髮碧眼巨乳的學生，不但「哈？」一聲質疑我這位代課老師，而且口氣非常不佳。

「妳……難道不想進步？

「如果下次與B高中一戰，考驗的就是妹系輕小說呢？

「如果差了一絲半點，惜敗給B高中，難道妳想成為整個C高中的罪人！」

我一句一句，鄭重地將心理負擔加在沁芷柔身上。

無比熱愛寫作、看重勝負的沁芷柔，絕對沒辦法無視我這番話。

沁芷柔聽見我的話語，我每說一句，她表情就是一變，陷入了掙扎中。

「這……好……好嘛，人家叫你哥哥就是了！」

最後以極為不甘的語調，沁芷柔如此開口。

沁芷柔放下梳子，以大拇指對大拇指、食指對食指，雙手五指的指尖互相連起。

她的臉頰染上明顯的紅暈，略微低下了頭，以由下往上看的角度，終於小聲道出了魔法般的句子。

「……哥哥？」

「太小聲了，大聲點再說一次。」

「哥哥。」

「尾音要拖長，要有種傾慕哥哥的感覺。」

「哥哥。」

「不對……這次第二個字又收得太快了……」

「哥哥。」

「雖然尾端可以了，不過開頭……」

「不、要、給、我、得、意、忘、形！」

沁芷柔又羞又氣，滿臉漲紅，跳起身來朝授課恩師踹出一腳。

「嗚噗！」

在連續叫了幾聲哥哥之後，沁芷柔彷彿終於意識到那是非常丟臉的行為，用手遮住臉，趴在桌上發出「嗚啊好想死混帳柳天雲混帳柳天雲」的奇怪咒聲。

最後的最後，剩下幻櫻還沒叫我哥哥。

明顯是大魔王等級的幻櫻，我刻意將其留到最後處理。

「叫一聲哥哥來聽。」我站到幻櫻面前，雙手扠腰。

「……」幻櫻冷冷地注視著我，坐在位置上一動不動。

「叫一聲哥哥來聽！」我再次強調。

「……」幻櫻依舊冷冷望著我，沉默。

「呵哈哈哈哈……快啊，幻櫻同學……叫他哥哥看看……」沁芷柔的眼神活像腐壞的秋刀魚，她將臉頰貼在桌面上，以怨恨的語調怪聲開口。

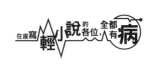

那是「不能只有本小姐受到屈辱」的巨大怨恨。

那是……當自己在遊戲裡快要身亡，絕對會拖著夥伴一起去復活點的怪人行徑。真可怕的傢伙。

不過，相較之下，幻櫻更加可怕。

有一句話怎麼說……用來形容遇到太強的魔王，先保存性命下來，把等級桀桀實實練高，日後再來挑戰的，才是一個好勇者。

啊……想起來了，是戰略性撤退。

沒錯，我柳天雲可不是怕了幻櫻，只是戰略性撤退！

想通一切後，我感到信心十足。

「幻櫻，妳就不用叫哥哥了。」

沁芷柔聞言，先是一愣，接著……一愣轉為無比的驚訝。

「柳天雲……你、你就這樣算了？」沁芷柔愕然。

「學姐，沒關係哦，風鈴也開口叫了哥哥。」風鈴安慰道。

「我也寫了哥哥。」雛雪寫道。

沁芷柔臉色大變，接著徹底崩潰。

「呃啊啊啊啊啊——別把清純的本小姐跟妳們這兩個騷貨相提並論！」沁芷柔就

像被聖光照到的不死系生物那樣，抱頭痛苦地大喊。

「絕不能只有本小姐受到這種屈辱——！幻櫻，快一點，叫柳天雲那傢伙哥哥！」

「……我不要。」幻櫻緩聲拒絕。

碰。

碰哐啷。

碰哐啷啪咻碰碰碰。

「別暴走亂砸桌椅啊，妳這傢伙！」

「吵死了吵死了吵死了吵死了——吵死了！」

那之後，我的妹系輕小說課程，上得更加艱辛。

在課程結束後，我對桓紫音更是生起了無比的敬意。

我終於明白——桓紫音獨自給怪人社上這麼久的課，還教得這麼好，究竟有多麼厲害。

時間一天一天過去。

距離下一次六校之間的月模擬戰，已經很近了。

埋首於寫作修煉的我們，忙到幾乎無暇多想其他的事。

而在某天的怪人社社團活動解散後，桓紫音老師將我單獨留了下來。

「零點一……嗯，或許現在不應該叫零點一了。」

「？」我不懂對方的意思。

「汝可清楚，為什麼之前……吾只給了汝零點一的評分嗎？」

在桓紫音第一次召集菁英班成員時，曾以能偵測寫作戰力的「赤紅之瞳」給予所有人評分，而我被評為零點一分，成為評分對象裡分數最低的一位，也是「零點一」這個外號的由來。

「我不知道。」我老實地道。

「因為……當初汝身上的『寫作能量』很弱小。

「吾雖然貴為吸血鬼皇女，又有赤紅之瞳，但其實是觀察別人身上隱含的『寫作能量』來判斷一個人的實力。所謂的寫作能量，那是一個人在長久接觸寫作後，以接連挫敗敵手的銳利氣勢，加上對自身的強大自信揉合而成。

「吾以赤紅之瞳單眼看去，一個人身上寫作能量越強，那個人在吾看來，散發出的光芒就越強烈。而零點一，汝當初散發出的寫作能量光芒若隱若現，像垂死般奄奄一息，只比普通人稍強點，吾才給了你零點一的評價。」

我默然。

當初我剛被幻櫻收為弟子，重拾寫作，一切舊有技巧都需要重新熟悉，被評為

「零點一」也不奇怪。

現在，我自覺依舊還沒回到當年的巔峰期，卻應該已經不弱。

「現在的我……寫作能量，看起來如何？」我問。

桓紫音閉起單眼，以赤紅之瞳注視我，接著緩緩道：「……光芒很強，贏過乳牛，但比風鈴弱一點。」

說到這，我忽然想起了一件事。

「那怪物君，在妳看起來，又是什麼樣子？」

難道是像太陽一樣，刺眼到無法直視？

又或是散發出魔性的光芒，詭異恐怖到讓人想轉開目光。

只是……

最終，桓紫音的答覆，推翻了我的所有猜測。

「沒有。」

「什麼？」我愣住。

「怪物君的身上，沒有散發出任何光芒……他已經太過強大，鋒芒不顯，寫作能量全部內斂，達到反璞歸真之境。是身為寫作者的本能，告知吾……這個少年非常可怕，可怕到了極處……絕對不能輕易招惹……」

「吾甚至懷疑……到了怪物君那種層次，吾能察覺本能危機，也是怪物君不想收起威勢所致。如果怪物君想……或許根本不會出現任何徵兆，只有雙方對敵時，在遭到碾壓的那一刻，才會驚恐地察覺對方有多麼強大。」

這樣啊。

……也就是說，達到怪物君那個層次的絕世強者，旁人根本無法輕易觀察出他有多強。

「桓紫音老師，我有事情想要問妳。」

「吾允許了。」

得知關於怪物君的驚人情報後，我忍不住將心中盤旋多日的疑問拋出。

這個提問有些失禮，所以直到現在，我才敢說出口。

「如果……我是說如果……如果妳與怪物君交手的話，誰會贏？」

我直勾勾地望著桓紫音，沒有錯過她任何的表情變化。

而桓紫音，卻笑了。

笑得很淡，很輕，讓人讀不出她的真實想法。

「強者……並非贏家，贏家……方為強者！」

在道出隱含玄機的話語後，桓紫音離開了怪人社，將我獨自留在教室內。

我細細咀嚼那兩句話，不禁陷入了沉思。

八月底來臨了。

這個時節是颱風的盛產季，月底，六校要進行月模擬戰時，恰好遇上了一個強烈颱風。

在威勢驚人的風雨肆虐下，所有學生緊閉門窗，躲在寢室跟教室裡。

陰雨連綿，颼風呼嘯，校園裡許多大樹轟然倒塌，甚至有玻璃窗承受不住風雨之勢碎裂開來、雨水直灌進屋裡。

就像誓要吹走整座C高中那樣，這颱風來得無比張狂。

而我們卻無暇擔心颱風造成的校園損害——因為就在今天，我們將迎來新的月模擬戰。

要向上挑戰B高中嗎……？

現在的實力，足夠嗎……？

連桓紫音老師也有些猶豫不決，集合所有師長與菁英班成員，討論了一個禮拜也沒得出結論。

最後，桓紫音將選擇權交給怪人社的成員。

「汝等才是出戰的選手。這樣吧，選擇權交給汝等。想出戰，那就出戰……沒把握的話，那就等下個月。」

我跟沁芷柔與風鈴三人，利用最後決戰前的下午，待在一樓的視聽教室裡討論。

我和沁芷柔主張出戰，而風鈴認為要保守一點。

出戰畢竟是三人同去，所以在達成共識前，討論不會結束。

歷經接連不斷的協商後，最終，我們決定這個月也不往上挑戰。

畢竟現在第四名的資源已經很充足，我們只要守住來自第五名的挑戰，穩穩增強寫作實力，等到一年的期限到來，再全力進攻就行了。

這是相當不錯的主意。

桓紫音得知我們的想法後，也表示贊同，還誇我們「三個臭皮匠，勝過一個諸葛亮」。

然而。

然而……

計畫永遠趕不上變化。

下午三點整，晶星人的飛船來臨，降落在C高中的教學大樓廣場上。

於狂風暴雨中穩穩降下的晶星人宇宙船，落地後隨即展開防護力場，讓風雨無法侵入廣場的範圍內。

乍然聽聞消息，不斷跑到各棟大樓走廊上關注宇宙船的學生們，被豆大的雨點淋了滿身滿臉。

意。

那雨，打在身上很疼，也很冰涼。

然而，一切都沒有晶星人帶來的消息，如此令人感到……從腳底直竄全身的寒意。

一名手持白扇的文雅少年，跟著晶星人從宇宙船走出。

文雅少年孤身一人，長相勉強算是俊秀，只是太過開闊的鼻翼破壞了他的外表。他此刻臉上滿是驕傲之色，嘴角掛著志得意滿的笑容。

從一樓視聽教室裡跑出的我們，撐著傘，頂著風雨，勉強看清了那個人的樣子。

那個人身上，穿著B高中的制服。

「……B高中的小秀策！」沁芷柔如此告訴我們。

「……傳聞他智商過人，六歲學習圍棋，九歲就幾乎擁有職業棋士的棋力……之後轉戰小說界，更是一舉打出名號！

「以『小秀策』做為筆名，他是登上『這篇小說真厲害』主打星至少十次以上的超級高手！

「而且，既然他出現在這裡，看起來又很正常，這就代表……」

沁芷柔話只說了一半。

但後面半截話是什麼，我非常明白——「這就代表，他經歷那一戰後，沒有被怪物君摧毀！」

這少年的來歷，我算是明白了。

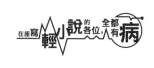

可……這小秀策在決戰日的下午，來我們C高中做什麼？

晶星人又為什麼肯帶他來？

無數不解，化為疑惑的陰影，籠罩在C高中所有人的心頭，就連我也感到無形的壓力大增。

桓紫音迅速將怪人社與菁英班成員集合起來，率領眾人走到晶星人與小秀策面前。在廣場的範圍內，受晶星人宇宙船的力場守護，這裡不再有半點風雨。

「請問，有什麼事？」桓紫音詢問道。

決戰明明是晚上才對。

「什麼？」晶星人蹙起眉頭，「你們不知道嗎？第三分隊前陣子沒有派人告訴你們消息？」

「？」C高中所有人都陷入疑惑。

「前四名的月模擬戰，在決戰日下午，排名靠前的學校，可以向排名低一名的學校申請『先聲奪人』之戰。因為贏了沒辦法提升排名，也無法得到新的物資，所以這挑戰的補償，由另一方面著手。

「提出『先聲奪人』申請的學校，可以事先指定對方一名學生，如果獲勝……就可以從排名低的學校裡奪走該名學生，加入己方陣營。」

說到這，晶星人掃了我們一眼，「如果在『先聲奪人』之戰裡，排名低的學校落敗，那晚上就不能再往上提出挑戰。反之，如果排名低的學校獲勝，名次不會有任何變化，但可以從排名高的學校那邊，拿走一樣晶星人的高科技道具。

「只是，假如上位學校奪走低名次學校的人，日後卻於月模擬戰被對方擊敗，在雙方名次交換時，將一併返還全部的學生。」

這是什麼規則——！

在前四名之間，排名靠前的學校，竟然可以藉由「先聲奪人」的規則申請，從排名低的學校裡挑戰搶人！

由眾人漸漸慘白的臉色可以推斷，大家似乎都在瞬間明白了一件事——安穩守護自己的名次，消極等待一年之期推進，絕對不是明智之舉。

如果不思進取，高手一名名被上面的學校搶去，名次很快就會跌落、物資隨之減少，甚至一年之期的最終戰來臨時，由於缺乏高手，變得毫無反擊能力。

不過，如果從上位者的角度來思考，會喜歡這種規則是理所當然的。

——排名在上面的學校，既有晚上被挑戰的風險，單純守護排名又得不到什麼好處，他們當然會樂於申請「先聲奪人」之戰，奪走對方的高手，一步步剷除敵校的戰力！

晶星人這是在逼迫六校之間提早發生碰撞，以誕生更高質量的輕小說！

B高中的輕小說高手，小秀策，在這時越過晶星人，走到我們面前。

小秀策穿著一身雪白的制服，手中拿著白扇，腳穿白布鞋，幾乎一身通白。

明明天氣不熱，因為外頭狂風暴雨的緣故甚至相當寒冷，他卻「啪」地一聲展開手上的扇子，替自己搧風。扇面上有「小秀策」三字水墨簽名。

「鄙人筆名為小秀策，特來挑戰……C高中！」

他雖然以「鄙人」謙虛自稱，語調卻很傲慢。

「請等等，鄙人先指定一下想搶走的學生。」

他這話一出，許多C高中學生臉上都現出怒色，但小秀策似乎一點也不怕。

小秀策笑吟吟地，像是在挑選貨物那樣，到處打量C高中的學生。

他的目光掃過幻櫻……沁芷柔……雛雪等美少女時，停留得特別久。

最後，停在我身上。

眼神一閃，小秀策的雙目略微睜大。

「等等……你是柳天雲嗎？鄙人有認錯嗎？」

「我是。」我淡淡道。

「你就是……那個當年在『這篇小說真厲害』專欄連霸十次，後來忽然不再投稿，被記者採訪時，說『必定到手的勝利，非常無趣』的柳天雲？寫作月刊上有登你的相片，鄙人對記憶力很有信心，大概不會認錯。」

我想了想才點頭。在極為模糊的昔日印象中，好像有這一回事，但因為參加的比賽實在太多，這事只被我擱置在記憶的角落。

「在你不投稿之後的一年，鄙人連霸了十一次『這篇小說真厲害』專欄……卻總會被拿來跟你比較。」

說到這，小秀策將紙扇收攏，彷彿一根棍棒那樣，遙遙向我指來。

「『如果柳天雲不停止投稿的話，說不定能持續更多回呢』、『如果柳天雲再努力一把，大概可以達到連霸二十回的成績』——這些閒言閒語，鄙人已經聽了很多次……很多次。」

在他提及「很多次……很多次」這段時，語氣明顯帶上恨意。

「當時，你忽然消失不見，沒想到……竟然躲到C高中來了。」

小秀策瞇起眼睛，那眼神像在評估我的實力，又似是想從我的臉上，尋到當年的殘跡。

「呵呵呵呵……很好，非常好——能在這裡遇到你，是鄙人之幸！」

小秀策臉上堆滿了笑，一雙眼睛裡卻沒半點笑意。

皮笑眼不笑的笑容，最是讓人感到詭異。

「鄙人決定了！」

再次將紙扇向我指來的小秀策，朗聲朝晶星人開口。

「如果『先聲奪人』之戰勝利的話，我要柳天雲……身後躲著的那名少女。」

我吃了一驚，往後看去，赫然發現風鈴半躲在我身後，只探出一顆頭來。

而晶星人「嗯」了一聲，表示同意小秀策的話。

「柳天雲！那少女注視你的背影時，流露出濃濃的依戀之情，很明顯就是你的戀人。

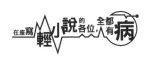

「呵呵呵呵呵……」

小秀策雖然在笑，表情卻更加陰森。

而我能感受到，身後的風鈴緊緊抓住我的手臂，嬌軀微微發顫。

天能容風，風能送雲。

風鈴，有些話，我一直不敢問出口。

妳的筆風……妳的性格……妳的外貌……與我的想像太過接近，帶給我太大的期待。

所以我很害怕。

很害怕，得到否定的答案後，我會失望發狂。

但。

但……風鈴。

妳……除了「風鈴」這個暱稱之外，是不是……還有別的外號？

如果有別的外號，那會是「晨曦」嗎？

「柳天雲，以你的實力，雖然肯定不及鄙人，不過大概也能成為這所弱小學校的出戰代表吧。」小秀策繼續道。

「聽好了！為了報當年之仇，一旦你戰敗……

「鄙人，將會奪走你的戀人！」

後記

大家好，我是甜咖啡。

在後記，我想要來講解一下所謂的「怪人戰鬥力指數」。

柳天雲自認是個戰鬥力破萬的怪人——所謂的「怪人戰鬥力指數」，就是指怪人社裡的成員，雙方各以奇思怪想產生摩擦碰撞，在彼此欺瞞、試探、交手後表現出來的戰鬥力指數。

雖然主角柳天雲從第一集到現在都處於被打臉的狀態，但咖啡必須幫無辜的他解釋一下，那就是——其實柳天雲的怪人戰鬥力並不弱，甚至可以說很強。

如果仔細看的話，會發現他每次都可以贏過設定系少女。

與想像中的風鈴對決時，最後也能占到上風。

也就是說，每次痛宰柳天雲的幕後黑手，其實都是幻櫻。

如果沒有幻櫻的話，柳天雲雖然不能說沒有對手，但也不會淪落到這種地步（淒淒慘慘、落魄不堪）。

然而，如同柳天雲所自稱的，獨行俠是非常強韌的動物。

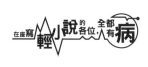

被各式拳擊與水雲流少女痛揍還能活到現在，反過來說也證明了獨行俠的強大吧？

雖然有時會聰明反被聰明誤，可是如果硬要排個怪人戰鬥力對決，柳天雲肯定能排到很前面哦！

至於本集剛登場的新角色，插畫家雛雪，咖啡非常喜愛這個人物，發揮空間也很大，相信日後可以讓大家看到雛雪有趣的一面。

當然，身為怪人社裡唯一清流的風鈴，發現身邊怪人越來越多，會感到更加頭疼就是了（笑）。

接著，來提一下，本集的結尾——與B高中的「先聲奪人」之戰。

現在比C高中排名還要高的每一所上位學校，實力都非常強大。

毫無疑問，這時的C高中遭逢B高中的王牌小秀策，將會陷入無比的苦戰。

《在座寫輕小說的各位，全都有病》系列寫到現在，已經來到第三集，即將跨往第四集，伏筆已經差不多都點出，不知道各位看出了多少。

不過，咖啡可以保證，結局非常有趣。

有趣到……各位會嚇一跳。

感謝大家的支持，咖啡會繼續努力。

大家喜歡這本書的話，有空可以加入咖啡的FB粉絲團。

facebook.com/8523as

後記的最後，必須特別提一下編輯陳兄，他是個認真且優秀的編輯，能遇見這個編輯，是身為作家的幸事。

也非常感謝繪師手刀葉，以及其他替本書付出心血的幕後英雄。

那麼，我們第四集再見。

甜咖啡

怪盜紅（瑞德）

圖・AKRU

尖端出版

高二僑生樊修誠，每天都過著充實拮据又忙碌的獨居生活，最近他無緣無故被超級妹控的同班同學宋奇正拜託，求他收留自己被封印於素描本裡的毒舌鬼妹妹宋芊樺——!?
第六屆浮文字新人獎・金獎作品堂堂登場！

啞鳴 著

有五個姊姊的我就註定要單身了啊

浮文字

在座寫輕小說的各位，全都有病3

著　　者／甜咖啡
執 行 長／陳君平
榮譽發行人／黃鎮隆
協　　理／洪琇菁
總 編 輯／呂尚燁

封面插畫／手刀葉
執行編輯／丁玉霈
國際版權／黃令歡、高子甯
美術編輯／方品舒
內文排版／謝青秀

出版／城邦文化事業股份有限公司　尖端出版
台北市中山區民生東路二段一四一號十樓
電話：(〇二)二五〇〇七六〇〇
傳真：(〇二)二五〇〇二六八三
E-mail：7novels@mail2.spp.com.tw

發行／英屬蓋曼群島商家庭傳媒股份有限公司城邦分公司　尖端出版
台北市中山區民生東路二段一四一號十樓
電話：（〇二）二五〇〇—七六〇〇（代表號）
傳真：（〇二）二五〇〇—一九七九

中彰投以北經銷（含宜花東）／楨彥有限公司
電話：（〇二）八九一九—三三六九
傳真：（〇二）八九一四—五五二四

雲嘉經銷／智豐圖書股份有限公司　嘉義公司
電話：（〇五）二三三—三八五二
傳真：（〇五）二三三—三八六三

南部經銷／智豐圖書股份有限公司　高雄公司
電話：（〇七）三七三—〇〇七九
傳真：（〇七）三七三—〇〇八七

一代匯集／香港九龍旺角塘尾道六十四號龍駒企業大廈十樓B&D室
電話：（八五二）二七八三—八一〇二
傳真：（八五二）二七八二—一五二九

馬新經銷／城邦（馬新）出版集團Cite (M) Sdn. Bhd.
E-mail：cite@cite.com.my

法律顧問／王子文律師　元禾法律事務所
台北市羅斯福路三段三十七號十五樓

二〇一六年四月一版一刷
二〇二三年十一月一版九刷

■中文版■

郵購注意事項：
1. 填妥劃撥單資料：帳號：50003021戶名：英屬蓋曼群島商家庭傳媒(股)公司城邦分公司。2. 通信欄內註明訂購書名與冊數。3. 劃撥金額低於500元，請加附掛號郵資50元。如劃撥日起 10～14日，仍未收到書時，請洽劃撥組。劃撥專線TEL：(03)312-4212 ・ FAX：(03)322-4621。E-mail：marketing@spp.com.tw

國家圖書館出版品預行編目資料

在座寫輕小說的各位，全都有病3 / 甜咖啡 作.
一初版. 一臺北市：尖端出版, 2016.4
冊 ; 公分
ISBN 978-957-10-6524-3(平裝)

857.7 105002461